Mhairi McFarlane est devenue journaliste après des études littéraires à l'université de Manchester. Elle vit à Nottingham – avec son homme et son chat – où elle écrit des comédies romantiques et anime des blogs. Après le succès de *Parce que c'était nous*, Mhairi McFarlane renoue avec ses héros préférés. Ses romans sont traduits dans le monde entier.

De la même autrice, chez Milady, en grand format :

Parce que c'était nous
Comme si c'était toi
C'est pas moi, c'est toi
Parce que c'est encore nous

Chez Milady, en poche :

Parce que c'était nous
Comme si c'était toi
À nous deux
Parce que c'est encore nous

Mhairi
McFarlane

Parce que c'est encore nous

Traduit de l'anglais (Grande-Bretagne) par Odile Carton

Milady

Milady est un label des éditions Bragelonne

Titre original : *After Hello*

Originellement publié par Avon,
une maison du groupe HarperCollins Publishers Ltd.

ISBN : 978-2-8112-2803-3

Bragelonne – Milady
60-62, rue d'Hauteville – 75010 Paris

E-mail : info@milady.fr
Site Internet : www.milady.fr

Prologue

Plus tard...

Il est 23 heures en ce vendredi soir pluvieux qui ressemble à n'importe quel autre vendredi soir pluvieux à Manchester. Ce vendredi-ci n'a néanmoins rien de banal, et le monde qui s'étend au-delà des fenêtres éclaboussées d'eau de mon appartement déborde de magie, d'espoir et de promesses. Il se pourrait aussi que je sois un peu bourrée...

La table basse du gigantesque appartement que je loue, un palace de frimeuse aux murs ornés de miroirs et de guirlandes lumineuses, est jonchée de boîtes aux couvercles en papier d'aluminium de chez *Yang Sing*: après que nous avons franchi la porte en titubant, je n'ai même pas pu aller jusqu'au frigo. (J'entends d'ici ma mère: « Ne t'avise pas de manger le riz cantonais; maintenant, il est bon à jeter! ») Franchement, je me demande bien qui nous pensions tromper en allant au restaurant au lieu de venir directement ici.

C'est notre première nuit ensemble – deuxième, pour être exacte, même si, la fois précédente, Ben n'est pas resté dormir après notre partie de jambes en l'air –, et nous voici dans le lit ridiculement grand de mon appartement, qui ne me semble plus aussi surdimensionné à présent que nous sommes deux à l'occuper, serrés l'un contre l'autre sur les oreillers, membres emmêlés, prêtant une oreille distraite au bourdonnement apaisant de la circulation et aux exclamations des fêtards sortant des pubs, baignant dans une félicité parfaite.

Je ne me rappelle même pas ce dont nous avons parlé pendant le dîner, seulement d'avoir échangé des sourires débiles et d'avoir déversé sur la nappe une partie du contenu de nos assiettes en nous tenant la main sous la table, bref, des souvenirs assez agaçants de façon générale. Jusqu'à ce que l'addition arrive et que je lance à Ben : « Ça te dit de venir chez moi ? » Ce à quoi il a répondu : « Non… La journée a été longue. Mais que penserais-tu de m'accompagner voir un combat de catch à WrestleMania mercredi prochain ? La boîte a mis quelques places à notre disposition. »

Pendant un centième de seconde je l'ai cru, et ensuite nous avons tous deux ri beaucoup trop longtemps pour une blague aussi nulle.

Je ne me lasserai jamais de cette amitié. Est-ce vraiment arrivé ? Ensemble, enfin ? Cela semble si évident et si bizarre à la fois.

Après une si longue attente, nous étions tous les deux sur les nerfs. Jusqu'à ce que Ben m'embrasse sur le canapé et plante un coude dans un reste de « poulet du général Tao ». Pendant que nous nous esclaffions devant la tache rouge radioactive qui ornait son coude, je me suis décidée à affronter le non-dit qui prenait autant de place dans la pièce qu'un éléphant.

— Et si on ne se mettait pas trop la pression ? En ce qui me concerne, le simple fait que cela arrive me suffit.

— J'espérais que tu dirais ça, a répondu Ben en commençant à déboutonner sa chemise, ce qui n'a pas manqué de me provoquer de drôles de remous dans le ventre. Je suis tout à fait de ton avis. Cette relation n'a pas besoin d'être parfaite. Elle l'est déjà.

Ouais. Eh bien, dans ce cas, on n'avait vraiment pas de souci à se faire…

À la faveur d'un moment de paix post-coïtale, je lui demande :

— Tu trouves qu'on a beaucoup changé depuis nos vingt et un ans ?

— Euh… Dans quel sens ? Tu es plus qu'à la hauteur des bons souvenirs que j'avais de toi, si c'est ce que tu…

— Non, je ne pensais pas à ça ! En général.

Je me réjouis néanmoins d'entendre qu'après toutes ces années je n'ai pas l'air d'avoir coulé comme un vieux camembert. Bon, d'accord, cet appartement est doté d'interrupteurs à variateur d'intensité lumineuse.

— J'espère, dit Ben. Quand je me revois à cette époque, j'ai envie de me donner des baffes.

— Je ne valais pas mieux.

— Si. Tu étais fidèle à ton petit ami, tellement droite, honnête que c'en était agaçant, la fille du Nord dans toute sa splendeur, pas disposée à s'enfuir avec le premier frimeur venu.

Ben me connaît intimement, mais il a le don de discerner mes qualités avant mes défauts.

— Hum, voilà qui est très généreux de ta part, dis-je.

— Ouais, bon, étant dans ton lit, c'est facile d'être grand seigneur !

— Oh, grand, grand, c'est vite dit…

— LA FERME, SALE GARCE ! s'écrie Ben, et nous rions en chœur. Non, franchement, poursuit-il, je ne sais pas quel genre de petit copain j'aurais fait à l'époque. Et puis j'étais sur le départ. Imagine, si tu m'avais accompagné, ça aurait été notre voyage inaugural… Au Cambodge, j'ai vécu une expérience dans des toilettes extérieures à laquelle notre couple n'aurait sûrement pas survécu.

Je ris, tout en m'interrogeant : est-ce vrai, ou essayons-nous juste de nous rassurer ? Vaut-il vraiment mieux que nous ayons été séparés dix ans après la nuit que nous avions passée ensemble ? Serions-nous toujours aussi épris l'un de l'autre ? Il est ici, à côté de moi. Après tout ce temps, et contre toute attente. Je glisse mon bras autour de Ben pour m'en assurer de nouveau : il est chaud et solide, il est là pour de bon.

Tandis que j'envisage enfin la possibilité d'un avenir avec Ben, je sens l'excitation m'envahir, mais aussi la peur. Que disait Caroline à l'époque de mon obsession pour Ben ? « C'est parfait parce que c'est un fantasme, et c'est un fantasme parce que c'est parfait. »

— J'ai dormi avec Caroline et Mindy dans ce lit…

— Ah oui ?

Ben m'ébouriffe les cheveux.

— … Nous avons fait une soirée pyjama après ma pendaison de crémaillère.

— Ah, ouais, dit Ben avec un soupir.

Je me tais, pendant que, en silence, nous nous rappelons que la dernière fois que Ben s'est trouvé dans cet appartement, c'était en compagnie de son ex-femme. Même si je ne suis pas responsable de leur rupture, je n'ai sûrement pas aidé à sauver leur couple.

— Ce soir-là, Caroline m'a dit que si nous avions été destinés l'un à l'autre, toi et moi, ça se serait passé quand nous avions vingt et un ans. Ça m'avait complètement déprimée. J'étais intimement convaincue que nous étions faits l'un pour l'autre, mais la logique s'y opposait. Et aussi… tu sais… la morale.

Comme Ben reste muet, je me demande si mon allusion à son mariage mort et enterré n'est pas complètement déplacée.

— … Je ne sais pas très bien ce que signifie l'expression « être faits l'un pour l'autre ». Et toi ? finit-il par dire. L'idée suggère qu'il y a une sorte de Dieu omniscient et que la vie se déroule selon son grand plan, avec ou sans notre participation. Ce qui me semble passablement déprimant, si on y réfléchit bien. Si les choses « doivent » arriver, alors notre supposé libre arbitre vaut des clopinettes.

— Je ne suis pas sûre que ça veuille dire ça. Peut-être que ça signifie simplement que si quelque chose foire, c'est généralement pour des raisons plus profondes que celles qu'on perçoit.

— Donc tu changes complètement ta version de l'histoire et, si je comprends bien, tu ne me trouvais pas suffisamment à ton goût ? demande Ben avant d'éclater de rire.

— Non ! Oh, je n'en sais rien. Je ne voulais pas dire qu'il y avait des raisons. Je regrette d'en avoir parlé.

Ben me serre contre lui.

— Je suis prêt à tout entendre. Garder des choses pour nous nous a fait suffisamment de mal comme ça.

Je lui rends son étreinte.

— Je suis simplement sous le choc de me voir offrir une nouvelle chance.

— Moi aussi, déclare Ben, avant d'ajouter en resserrant son bras autour de moi : Et tu es probablement très inquiète à l'idée que nous ne soyons pas des âmes sœurs. Tu as peur que nous ne soyons que deux étudiants qui se sont rencontrés à l'université et se plaisent toujours, et que cette formidable histoire d'amour finisse mal.

J'acquiesce en souriant.

— Oui, peut-être.

— Eh bien, je préfère finir mal avec toi que vivre en harmonie avec quelqu'un d'autre, déclare Ben. Je trouve ça plutôt romantique, Chicken Little.

— Mon Dieu, bien sûr ! m'exclamé-je. Ça n'a pas d'importance. (Je marque une pause.) L'expression est : « *désespérément* amoureux ». On a facilement tendance à oublier l'aspect désespéré.

— J'accepte ton désespoir potentiel en tant que partenaire, déclare Ben.

— Pareil.

— Et aussi, ajoute-t-il, embrasse-moi encore. Après, viens donc me dire que nous ne sommes pas des âmes sœurs.

Et j'obéis. Impossible de lui dire que nous ne sommes pas des âmes sœurs.

Chapitre premier

Deux ans plus tard…

Même s'il ne faisait aucun doute que si Mindy se mariait un jour elle mettrait le paquet, nous n'avions pas imaginé que des oiseaux de proie seraient de la partie.

Nous voici tous les quatre – Mindy, Caroline, Ivor et moi – réunis pour notre dîner du jeudi au *Grill dans l'allée*, une version plus chic de *TGI Fridays*, conformément à la tradition hebdomadaire lancée par Caroline et moi lorsque nos amis Mindy et Ivor sont devenus un couple. Bien sûr, c'était formidable, et nous nous réjouissions pour eux, mais nous avons voulu éviter les factions et d'éventuels développements politiques. Nous réunir ainsi toutes les semaines nous parut une bonne façon d'assurer la continuité démocratique et l'égalité au sein de notre quatuor, et de nous épargner un jour sur sept d'avoir à réfléchir à un menu pour le dîner.

Néanmoins, craindre un déséquilibre dans notre petit groupe s'est révélé inutile : sans qu'on sache bien pourquoi, leur nouvelle relation a renforcé les personnalités de Mindy et Ivor. Elle est restée un arc-en-ciel d'absurdités dont il met les couleurs en valeur, en lui donnant la réplique et en étant son plus grand admirateur… plus si secret. Du temps de leur amitié, ils ne cessaient de se chercher des noises, jusqu'à ce qu'ils s'aperçoivent qu'ils étaient raides dingues l'un de l'autre.

Ivor a demandé Mindy en mariage à Noël dernier, et, quoique enchantées, Caroline et moi avons tout de suite su que s'ouvrait une période de folie pure. Parce que avec Mindy, c'était inévitable.

Elle avait commencé plusieurs régimes tendance depuis l'annonce de leur mariage ; le dernier en date était le paléo.

— Je me demandais…, commence celle-ci en poussant son steak du bout de sa fourchette, baignée par l'éclairage tamisé. Est-ce que les femmes préhistoriques mangeaient de la purée de pommes de terre ? a-t-elle demandé au serveur perplexe.

— La pomme de terre a été découverte par sir Walter Raleigh, lui explique Ivor.

— Oh, mais oui, je me souviens de cet épisode de *La Vipère noire* ! s'exclame-t-elle. Ce n'est pas lui aussi qui a inventé la bicyclette ?

Puis elle annonce la couleur du jour J :

— … Pour le grand jour, je veux qu'un rapace m'apporte mon alliance, déclare-t-elle.

Ivor recrache sa gorgée d'appletini.

J'ose une intervention :

— Je ne suis pas sûre que votre mariage soit le moment adéquat pour rejouer une scène de *Game of Thrones*.

— Je suis sérieuse ! insiste Mindy. Certains lieux de réception mettent à disposition des oiseaux de proie qui descendent du toit, l'alliance dans le bec, et viennent se poser sur le bras du marié devant l'autel. Les sites Internet promettent un spectacle inoubliable.

— Tiens donc…, marmonne Ivor. En attendant, je ne tiens pas à être le clou d'un spectacle inoubliable, merci. Je vois ça d'ici : une espèce de perroquet furibard m'arrache une main pendant que le sang gicle, aspergeant les invités qui hurlent. Bon sang, Mindy, c'est un mariage, pas un spectacle de Siegfried et Roy !

— Mais il ne va pas t'arracher la main ! s'écrie Mindy. Ils te prêtent un gant de Michael Jackson géant exprès… Bon, une chouette effraie alors ?

— Ou un pigeon ! lancé-je. Tu pourrais l'attirer avec une frite.

Caroline et moi partons d'un fou rire, postillonnant des miettes de frites « au couteau » en ricanant : gnarahrahrah !

— Mindy, reprend Ivor en se massant les tempes. Es-tu en train de me dire que tu t'es déjà renseignée ?

Que tu as eu une vraie conversation au sujet de cette connerie de piaf ?

Mindy referme ses lèvres sur sa paille et aspire timidement une gorgée de son Long Island Iced Tea en lui jetant un coup d'œil furtif.

— Je passais par hasard devant le château de Peckforton, alors je suis entrée et…

— TU PASSAIS PAR HASARD DEVANT LE CHÂTEAU DE PECKFORTON ! braille Caroline. Dans le Cheshire !

J'ajoute mon grain de sel :

— Juste un petit détour en allant au boulot…

Ivor enfouit son visage dans ses mains.

— Merci, les filles, pour la solidarité ! siffle Mindy.

— Mindy, on s'était pourtant mis d'accord : on ne décide rien sans avoir consulté l'autre préalablement, intervient Ivor. Nous ne nous marierons pas dans un château. Sans parler du coût, ces délires de footballeurs me donnent la chair de poule. Après, tu vas essayer de me fourguer des Rolls-Royce Ghost et des cravates crème.

— Ah, parce qu'une voiture correcte, on ne peut pas non plus ? s'exclame Mindy. Ben voyons ! Je n'ai qu'à arriver sur un de ces scooters pour personnes à mobilité réduite avec des petits drapeaux derrière !

Ivor, l'air défait, s'excuse et se lève pour aller aux toilettes.

— Laisse-nous tes lacets et ta ceinture, dis-je.

Nous rions tous en chœur, sauf Mindy.

— Pourquoi est-il si borné ? Et vous, arrêtez de l'encourager !

Caroline pose une main apaisante sur son bras habillé de soie bleue. (J'avais espéré qu'elle se marierait dans une tenue bleu canard, depuis le temps que c'est sa couleur préférée, mais elle veut du crème, et elle refuse que nous l'accompagnions à ses séances d'essayage. « J'aurai l'occasion de porter du rouge et or plus tard, pour l'édition hindoue en Inde. »)

— Ma petite Parminder chérie ! Ne va pas t'emballer avec la location de châteaux, d'aigles ou de ces putains de couteaux pour pièce montée, que je me mords encore les doigts d'avoir payés, et je le regrettais déjà avant de divorcer. Je sais, c'est excitant, le mariage, mais ça ne dure qu'une journée, et le temps file à toute allure. Crois-moi, te réveiller le lendemain de ta nuit de noces endettée de trente mille livres ne te rendra pas service. Tu seras bien contente de partir en lune de miel sans être dans le rouge.

— Mais oui ! Ça sera incroyable, quoi que tu fasses. Le plus beau des mariages, renchéris-je.

Bon flic, méchant flic. Et – malin – ni vu ni connu, l'allusion de Caro à son divorce imminent ne manquera pas de faire baisser la fièvre de Mindy (c'est pour son bien).

— J'aimerais quand même quelque chose de spécial, objecte Mindy en faisant la moue. Pas la salle de réception avec les chaises à nœud vues et revues. Je n'ai rien contre, mais c'est complètement impersonnel.

— Alors il te faut un endroit que tu puisses décorer et arranger à ton goût, lance Caroline.

— Vraiment ? dit Mindy, sceptique. En tout cas, faire la nouba dans une grange, non merci. Oh, là, là, je vous ai raconté que mon cousin Nuvvy a fêté son trentième anniversaire dans un centre social ? Sur un tableau d'affichage, il y avait le portrait-robot d'un violeur avec un bouc en cavale dans Cheadle Hulme. Bonjour l'ambiance…

— Je sais ! dis-je, prise d'une soudaine inspiration. Que penses-tu des Victoria Baths, à Chorlton ? Un journaliste du boulot a écrit un article dessus. Ça avait l'air incroyable. C'est un bâtiment ancien de style édouardien restauré, mais tu peux arranger la salle comme tu veux. Tu te maries *dans* le bassin carrelé, en fait.

— En maillot ?

— Non, ils vident la piscine…

Déjà, Mindy a dégainé son iPhone et entrepris une recherche sur Google, à une vitesse qui l'expose au coup du lapin.

— Putain de merde ! Rach, j'ADORE !

Caroline m'adresse un clin d'œil – « Bien joué ! » –, Mindy pousse un ou deux cris stridents supplémentaires, je jubile, et Ivor revient de son expédition aux toilettes.

— Oh, bon sang, quoi, encore ? dit-il.

Je lève furtivement un pouce à son intention. Après avoir regardé quelques photos, Ivor se déclare emballé. Cela semble plus dans leur budget, et branché sans être révoltant. Je suis tellement contente de moi que j'aimerais pouvoir m'embrasser moi-même.

— Et maintenant, mes idées pour l'enterrement de vie de jeune fille…, annonce Mindy.

Caroline et moi serrons les fesses, et Ivor éclate de rire.

Chapitre 2

— J'ai pensé à… Miami ! annonce Mindy.

Caroline ne parvient pas à dissimuler un mouvement de recul.

— À moins qu'il n'y ait un Miami dans le Northamptonshire dont je n'avais pas entendu parler, ce sera sans moi.

— Caro, il s'agit de mon enterrement de vie de jeune fille ! Vous êtes toutes les deux censées mener le navire à bon port, je te signale.

— Oui, et nous ne manquerons pas à notre devoir, mais pas de l'autre côté de l'Atlantique. Pas vrai, Rachel ?

— Euh…

— Ce serait une semaine avant le mariage, c'est ça ? demande Caroline à Mindy.

— Exact.

La branche indienne de la famille de Mindy ne pouvant se permettre plus qu'un voyage en Europe, l'enterrement de vie de jeune fille doit avoir lieu peu avant le mariage.

— Après un vol long-courrier, tu risques de souffrir du décalage horaire le jour J. Imagine. Complètement crevée. Aucune énergie pour picoler et danser. Visage bouffi sur les photos, insiste Caro en grimaçant.

Je vois bien que Mindy ne compte pas céder si facilement, mais Caroline la tient.

— Hum. OK. Bon, alors ma deuxième meilleure idée. (Mindy lève les yeux et, mains en l'air, paumes ouvertes, agite une pancarte imaginaire.) *MINDYFEST.* Un festival pour enterrer ma vie de jeune fille. Je loue un champ. On se sape en glam rustique. Genre bottes Hunter et Wayfarer de Ray-Ban. Saucisses artisanales. Cidre. Thé, goûter. On pourrait faire venir un groupe !

— Je crois que tu peux oublier Daft Punk, mon chou. Vu ton budget, mise plutôt sur Gay Dad, intervient Ivor.

— Je me demandais si ça pourrait intéresser Rhys, avance timidement Mindy.

Je reste un instant abasourdie.

— Tu veux que je demande à mon ours mal léché d'ex si lui et ses copains accepteraient de jouer à ton enterrement de vie de jeune fille ? Tu plaisantes, j'espère ? finis-je par dire.

— Mais vous êtes plutôt en bons termes, non ? insiste Mindy.

— Suffisamment pour nous saluer si nous nous croisons, mais je n'en suis pas à avoir envie de partager avec lui des week-ends de beuverie.

— Ouais, OK, je vois. (Mindy hoche vigoureusement la tête.) Mais aussi je me demandais si Rhys serait d'accord pour faire des reprises de Taylor Swift.

Ivor se fourre une serviette en papier dans la bouche, Caroline secoue la tête, et moi, je reste sans voix. Mindy a toujours eu une case en moins, mais je me demande si cette histoire de mariage ne l'a pas rendue, si vous me permettez ce terme du jargon journalistique, totalement siphonnée.

J'ai eu un pincement au cœur en l'entendant mentionner Rhys. Il ne me manque pas, mais ça me fait encore bizarre de l'imaginer vivant avec sa nouvelle copine... enfin plus si nouvelle, maintenant. Alors partir en week-end avec lui, merci bien.

— Mindy, intervient Caroline d'une voix sévère. OK pour un city break en easyJet. Je sais que tu veux sortir des sentiers battus, mais en l'occurrence la frontière entre EVJF original et complètement barge me paraît poreuse.

J'apprécie que Caroline prenne ma défense, mais je vois bien que Mindy est choquée, et je ne trouve rien à dire pour désamorcer le malaise. Un silence inconfortable s'installe.

— Je m'apprêtais à vous révéler quelle chanson j'avais choisie pour notre première danse, mais les lubies de Mindy ont cassé mon effet, intervient Ivor. Quelqu'un voit-il un inconvénient à ce que Macclesfield Elvis chante « Bitch Don't Kill My Vibe » ?

— Macclesfield Elvis ! Mes projets de mariage sont tombés à l'eau parce que j'ai proposé de l'engager ! m'exclamé-je avant de m'apercevoir que je risque encore de plomber l'ambiance.

Effectivement, un silence pesant s'ensuit.

— Merde, désolé, Rach, je n'ai pas réfléchi, s'excuse Ivor.

— Oh, ne t'inquiète pas, ça ne me dérange pas, le rassuré-je.

Ce qui est presque vrai.

Chapitre 3

— Coucou, chéri, je suis rentrée ! lancé-je en pénétrant dans la maison, d'un ton rendu un brin coquin par les cocktails à base de gin qui ont accompagné le dîner.

La voix de Ben me parvient de la cuisine.

— Je suis là. Ronnie Barker a encore vomi.

Il y a six mois, pour fêter notre tout nouveau statut de propriétaires, nous avons adopté des chatons.

Nous n'en voulions qu'un, mais la vendeuse s'est fendue d'un habile numéro de vente incitative à notre intention : « On ne peut pas séparer des frères. Ils ne peuvent pas vivre l'un sans l'autre », a-t-elle assuré alors que nous regardions un chaton tigré planter ses dents dans l'arrière-train d'un congénère noir pelucheux, qui s'est empressé de pousser un feulement furieux.

— De la vente incitative ? a dit Ben sur le trajet du retour, chargé d'un carton rempli de fourrure dont s'échappaient des couinements aigus. Tu parles, elle nous a purement et simplement baratinés. Des frères, mon œil ! On dirait Schwarzenegger et De Vito dans

Jumeaux. Non, elle nous a fait le coup de deux pour le prix d'un.

Après avoir descendu trois bouteilles de cidre en les regardant déchiqueter les rideaux, il nous a paru amusant de les appeler les Deux Ronnie, en l'honneur du surnom dont Ben m'avait affublée à l'université. (Nous nous sommes rencontrés en début de première année : c'est lui qui a plastifié ma carte de logement étudiant ; sur la photo, il était évident que je n'avais pas été fichue de remonter suffisamment le tabouret du Photomaton, ce qui m'a valu de sa part d'être comparée à un comédien célèbre, entre autres, pour ses dimensions de nabot.)

Le lendemain matin, dégrisés, nous avons décidé de les appeler Barker et Corbett pour les distinguer. Barker, le tigré, cumule l'appétit d'un ogre et la vitesse d'un missile. Corbett, aile de corbeau avec une patte blanche, ressemble à un singe vampire et dort toute la journée.

Accroupi, Ben est occupé à essuyer les fluides gastriques du félin. Il porte un sweat gris à capuche, dont j'ai un jour qualifié le style de « prince Harry en année sabbatique », ce qui a failli me valoir son poing dans la figure. Il affiche toujours la ligne de mâchoire impeccablement nette et la beauté un peu crâne de ses vingt ans. De mon côté, je ne suis toujours pas fichue de me brosser correctement les cheveux, donc nous sommes à égalité.

— Il s'agit d'une de ses productions mousseuses et feuillues, explique-t-il. Il refuse d'admettre que le végétarisme ne lui convient pas. Comment s'est passé ton dîner ?

— Super, dis-je. Désolée, je suis vraiment en retard.

J'avais dit à Ben que je rentrerais vers 21 heures, et il est presque 23 heures.

— Je n'appelle pas ça du retard. Vous vous êtes bien amusés ? Les préparatifs du mariage avancent ? Je te prépare une tasse de thé et tu me racontes ?

C'est en sentant mes épaules se relâcher que je m'aperçois que j'étais tendue.

Curieusement, j'ai un mal fou à me débarrasser du fantôme persistant de mes disputes avec Rhys. Les réflexes sont si profondément enracinés que je dois en permanence me rappeler que Ben n'est pas du genre à chercher la confrontation et que dans l'air ne vibre plus cette irritation permanente.

En deux ans, Ben et moi n'avons pas eu une seule dispute sérieuse (les engueulades chez Ikea ne comptent pas, n'est-ce pas ?). Jusqu'alors, quand j'entendais des couples soutenir qu'ils se disputaient rarement, je me demandais comment c'était possible. Maintenant, je sais.

Ben me suit dans le salon. Après de trop nombreux mois à nous retrouver à l'appartement que je louais dans le Northern Quarter pendant qu'il payait un loyer pour rien, nous sommes tombés par hasard sur cette maison victorienne jumelée dans le quartier de Chorlton. Nous n'en sommes pas revenus de notre chance : le prix demandé était ridiculement bas, étant donné sa situation dans une rue arborée, l'époque, la décoration élégante et la solidité apparente de la structure générale.

— Elle doit être hantée ou quelque chose dans le genre, a dit Ben.

— À ce prix-là, nous avons largement de quoi nous payer les services d'un exorciste, ai-je répondu.

En fait, les propriétaires, un jeune couple de Twickenham, s'étaient fait cambrioler deux fois dès le premier mois qu'ils avaient passé dans cette maison et ils ne s'en étaient jamais remis. Ils voulaient s'en débarrasser, et vite.

— Rach est journaliste à la cour d'assises, vous n'arriverez pas à la choquer, a expliqué Ben, tandis que, derrière leurs sourires polis, nous entendions : « Signez, imbéciles ! Signez tout de suite ! »

Ils nous ont laissé un système d'alarme tellement sophistiqué qu'au 10 Downing Street il serait qualifié d'excessivement pessimiste.

Ben met la bouilloire en marche, et nous écoutons l'eau gargouiller, blottis l'un contre l'autre dans le canapé.

— Fichtre, tu sens la vapoteuse de Mindy, dit Ben en enfouissant le visage dans le col de mon manteau que je n'ai pas encore enlevé.

Mindy n'a jamais fumé de cigarettes, mais, de façon tout à fait incompréhensible pour nous tous, elle s'est récemment mise à vapoter. « Le liquide à la vanille m'a fait envie. »

Je raconte à Ben l'histoire de l'aigle, et suis récompensée par son fou rire.

— Ooooh, Mindy, ne changera jamais… Imagine qu'il survole l'assemblée et la gratifie d'une giclée de fiente !

Nous rions, mais il enchaîne, me coupant dans mon élan d'hilarité :

— Oh, au fait, j'ai vu Rhys aujourd'hui. Il m'a chargé d'un message pour toi.

Je me redresse.

— Quoi ?

Ben hoche la tête.

— Je suis tombé sur lui par hasard près d'Arndale.

— Raconte.

— Ça s'est passé comme ça : il m'a dit : « Oh, c'est toi, hein ? »

Ben se redresse à son tour et enfonce les poings dans la poche ventrale de son sweat-shirt, le menton rentré, mimant l'attitude crâne de Rhys Gallagher. Son imitation est suffisamment réussie pour que je rie malgré mon appréhension.

— Il m'a coupé la route, a agité l'index et m'a dit : « Tu n'es vraiment qu'un gros connard, mais ça ne te dispense pas de prendre soin d'elle. »

Je grimace.

— Désolée.

— Tu n'y es pour rien. Et puis, pour être honnête, moi aussi, je me traiterais de connard si j'étais à sa place et que je lui avais piqué sa copine pendant qu'il regardait ailleurs. Enfin bref, j'ai dit que je l'espérais. Je ne pensais qu'à une chose : impossible que j'aie le dessus sur ce mec s'il décide de me refaire le portrait, mais au moins je suis avocat et je sais que ce quartier est truffé de caméras de vidéosurveillance.

Je laisse échapper un ricanement nerveux.

Rhys et moi nous sommes séparés pour des raisons propres à notre couple, mais après coup Rhys a compris que j'ai été désespérément amoureuse de Ben pendant une bonne partie de notre relation, ce qui, bien sûr, n'a pas aidé. Avec le recul, mon amitié avec Ben à l'université, tolérée par Rhys parce que platonique, a agi en fait comme une bombe à retardement. Je ne peux pas reprocher à Rhys de s'être senti trahi rétrospectivement, même s'il ne s'est pas comporté comme un ange non plus.

— Ensuite, la conversation a pris un tour auquel je ne m'attendais pas…

— Quoi ? Comment ça ?

— Je le cite : « Dis à Rach que Claire et moi nous marions en septembre. C'est peut-être bizarre, mais j'aimerais beaucoup qu'elle soit là. Tant pis si ça implique que tu viennes aussi, je suppose. »

J'encaisse la nouvelle.

— Qu'est-ce que tu as répondu ?

— « Merci, je lui transmettrai le message. » Et chacun est parti de son côté.

Ben rabaisse sa capuche et se lève pour aller préparer le thé.

— Waouh ! dis-je.

Je me sens bizarre, autant à l'idée du mariage que de l'invitation.

— Tu crois qu'on devrait y aller ? demandé-je à Ben quand il revient et me tend une tasse.

— Sérieusement ? Ce sera sans moi. D'ailleurs, son invitation n'était pas d'un grand enthousiasme. Je la traduirais plutôt par : « Elle peut venir, mais s'il te reste encore une once de décence, tu t'abstiendras. » Je l'imagine, bourré, me serrer dans ses bras ; tu sais, l'accolade hostile en mode baiser de Judas.

— Donc, d'après toi, mieux vaut que je m'abstienne ?

Ben plisse les yeux.

— Est-ce que tu en as envie ?

— Non !

— Alors pourquoi irais-tu ?

— Pour lui faire plaisir.

— Rach… On devient adulte, entre autres, quand on comprend que « je n'ai pas envie » est une raison suffisante.

— Je sais. C'est juste que ça me touche qu'il veuille que je sois là.

Ben se passe une main dans les cheveux.

— À moins qu'il n'essaie de te faire passer un message : « Regarde comme je suis heureux ! Tu n'as pas gagné ! »

— Non, protesté-je, catégorique. Rhys est un râleur de première catégorie, mais il n'est pas sournois. Il ne fonctionne pas comme ça.

— Si tu le dis. Tu le connais mieux que moi, après tout. Moi, je trouve ça assez curieux.

Je sens que Ben s'attendait à un « AH, AH, DANS SES RÊVES ! » de ma part face à ce geste de Rhys, et qu'il est légèrement perturbé que j'aie pu ne serait-ce qu'envisager d'accepter.

— Bref. De toute façon, cela impliquerait de l'inviter en retour à notre mariage, dis-je en tirant légèrement la langue, dans l'espoir d'alléger l'atmosphère et de ramener la conversation sur nous.

Je m'attends à ce que Ben rie, mais il grimace et lève les yeux au ciel.

— Pff ! Je doute que l'un de nous souhaite rejouer cette mascarade un jour.

Un silence pesant s'installe entre nous. Maintenant, c'est moi qui suis perturbée.

Face à mon expression, Ben se reprend et ajoute :

— Enfin, je veux dire… dans l'immédiat.

— Vraiment ?

— Pourquoi ? Toi, oui ?

— … Je suppose que non.

— Oh, oh, voilà Crockett et Tubbs, dit Ben en voyant les chats entrer en se dandinant et miauler à notre intention. (C'est moi, ou il est un chouïa soulagé de pouvoir changer de sujet ?) Mais oui, on sait que vous voulez vos Smarties pour chat, poursuit-il en se détachant de moi pour se lever.

Je souris, en pilote automatique, mais me sens étrangement troublée. Plus tard, allongée dans notre lit, les yeux rivés au plafond, j'écoute la respiration de Ben ralentir au fur et à mesure qu'il glisse dans le sommeil, et je m'interroge sur la façon dont Rhys a fait sa demande à Claire. Avec moi, il avait lancé l'idée sur un coup de tête au cours d'un dîner arrosé, accompagnée d'une remarque prosaïque du style : « Ah, on ne rajeunit pas, alors autant y passer ! » J'espère pour elle qu'il y a mis les formes. Ont-ils réussi à résoudre la question groupe *versus* DJ ?

Et Ben qui dit qu'il n'a aucune envie de « rejouer cette mascarade ». Bon, d'accord : il a été marié, alors que je n'ai que des fiançailles rompues à mon actif. Je ne pensais pas que cela m'importerait tellement non plus, mais je partais du principe que nous nous marierons à un moment. Je pensais qu'il en aurait envie. Maintenant que Ben affirme n'être aucunement intéressé, je me sens bizarrement perdue.

Je suis injuste, me dis-je.

Une demande en mariage n'est pas une preuve de son affection. Ce n'est pas comme si cela figurait dans les conditions générales de vente. Et, avec Rhys, je ne suis pas arrivée jusqu'à l'autel ; contrairement à Ben. Étant donné que nous nous sommes mis d'accord pour essayer d'avoir des enfants d'ici quelques années, il n'y a pas grand-chose à ajouter, on dirait. Ai-je vraiment besoin d'un bout de papier pour officialiser notre relation ?

Il faudra que je contacte Rhys pour décliner poliment son invitation et lui expliquer que ma présence serait un peu déplacée, mais que je leur souhaite beaucoup de bonheur à tous les deux. Une autre pensée me vient : sa fiancée était-elle d'accord ? À sa place, voir l'ex-qui-a-compté dans l'assistance, telle la méchante fée, ne m'enchanterait pas. Tout de même, je suis touchée que, après tout ce qui s'est passé, Rhys tienne encore suffisamment à moi pour risquer une situation gênante, avec Ben en prime.

En tant que journaliste, quand j'écris sur un sujet, je m'efforce de le réduire à ce qu'il a de plus remarquable, à ce qui justifie qu'il fasse l'actualité. Je tourne et retourne l'information jusqu'à ce que j'aie mis le doigt dessus. Aussi ridicule, superficiel et insignifiant que cela puisse paraître, ce soir, pour la première fois dans l'histoire, Rhys s'est montré plus romantique avec moi que Ben.

En bas, j'entends un chat vomir.

Chapitre 4

C'est une vérité universellement admise que L'UN des meilleurs messages que tout trentenaire normalement constitué puisse recevoir de son partenaire est celui, inattendu, envoyé au beau milieu d'un après-midi de semaine, qui dit :

> Je n'ai absolument aucune envie de cuisiner ce soir. Et toi ? Ça te dit qu'on se fasse un restau ?

Curieusement, la perspective de cette sortie improvisée est aussi excitante que Noël lorsque vous étiez enfant. Ou quand la chaudière de l'école lâchait en plein hiver et qu'on vous disait de rentrer chez vous. Un dîner au restau planifié, une journée d'école buissonnière programmée : on ne peut guère rêver mieux.

Bref, je lui communique mon approbation enthousiaste. Un grand sourire me barre le visage quand Pete Gretton, pigiste free-lance crasseux, déboule dans la salle de presse, enveloppé d'effluves de Lambert & Butler. D'une main, il aplatit sa tignasse poil-de-carotte, de l'autre, pour ne pas changer, il tient son portable plaqué sur son oreille.

— Laissez-moi vous dire une chose : ce que vous me servez, c'est une dégustation d'étrons en dix plats, et chacun a un goût de merde. (Pause.) Et la sélection de vins, c'est de la PISSE !

J'échange un sourire hilare avec Owen. Cette habitude de Gretton d'entrer dans la salle en aboyant des remarques fleuries au téléphone est devenue une source de bonheur pour mon collègue du *Manchester Evening News* et moi. Owen est convaincu qu'il n'y a personne au bout du fil. « J'attends le jour où son portable se mettra à sonner pendant qu'il parle. »

Arrivé de Belfast pour intégrer la rédaction de *MEN* il y a six mois, Owen O'Reilly a accepté de devenir mon assistant au tribunal, poste peu convoité s'il en est.

Son apparition ne m'avait guère réjouie. Depuis le départ dramatique de cette vipère de Zoe, qui m'avait barboté un sujet sans s'inquiéter des conséquences que sa trahison aurait pour moi avant de me jeter dans la fosse aux lions, j'avais vu défiler une procession d'apprentis journalistes que j'avais pris soin de tenir à distance. Owen, lui, est un journaliste confirmé.

— Pourquoi souhaiterait-il s'enterrer ici avec moi ? ai-je demandé à mon rédacteur en chef.

— Peut-être qu'il a vu votre photo ! a lancé Gretton dans le fond d'une voix salace.

Beurk, Gretton ! Un des bons côtés du passage de l'époque des transcripteurs à l'ère d'Internet a été de ne plus avoir à l'entendre dicter ses articles scabreux d'une voix lascive, teintée d'excitation.

J'ai eu la réponse à ma question concernant Owen dès le premier jour, quand il m'a dit, charmant avec ses cheveux hirsutes et son léger accent d'Irlande du Nord : « Pour être honnête, j'ai l'actu dans le sang, mais je suis trop vieux (le salopard a vingt-huit ans) pour aller frapper aux portes. Ici, je suis aux premières loges, je n'ai qu'à cueillir les sujets solides. Cela me convient parfaitement. »

Pompon sur le gâteau, il excelle dans son boulot. C'est le collègue de mes rêves : compétent, drôle, intègre, il a pour principale ambition d'arriver au pub à 18 heures pétantes. Oh, et le lendemain il ravitaille toujours en caféine.

Gretton, pour qui le sigle PC renvoie toujours à poste de commandement, s'amuse souvent à prendre des voix à la Gerry Adams quand il se trouve à portée d'oreille d'Owen, feignant de marmonner dans un combiné de téléphone imaginaire : « Vous avez *vongt* minutes pour quitter ce *bôtiment* », avec un accent irlandais à couper au couteau.

— Ha, ha, ha, bien sûr, Pete ! Je suis irlandais, donc je fais exploser des gens, s'exclame Owen. Surtout ne vous gênez pas, balancez vos vannes de mauvais goût périmées depuis vingt ans et dégoulinantes de préjugés.

En guise de réponse, Pete feint habituellement d'agripper un sac à main et lance : « Puis-je vous offrir une tasse de thé ? », en imitant la voix et l'accent de Mrs Doyle dans *Father Ted*.

— Décidément, Esther Cowley de chez Salter & Rowson est vraiment une peau de vache, déclare Owen sur le ton de la conversation en m'offrant un Hula Hoop, que je décline.

Dans la salle de presse, on échange des ragots, on critique et on se plaint. Et on grignote aussi.

— Oh, tu sais que c'est le cabinet où bosse mon copain ? dis-je distraitement.

— Oui. D'ailleurs, la charmante Esther est fan de ton mec, déclare Owen en plongeant la main dans son sachet de chips. J'ai mentionné son nom. À une époque plus heureuse, quand elle ne réclamait pas encore que je sois écorché vif, et ma dépouille pendue à la façade du palais de justice.

— Fan ? répété-je, surprise que Ben brille suffisamment dans son travail pour avoir des admirateurs.

Voyons, je ne doute pas de ses qualités, mais j'ignorais qu'il était une rock star dans son domaine.

— Ouais, je crois qu'elle a qualifié Ben Morgan d'« étoile montante », ainsi que de « vrai régal pour les yeux », avant de rougir comme une pucelle.

Elle a admis en pincer pour lui. J'ai dit : « Vous savez qu'il a une petite amie ? » Ce à quoi elle m'a rétorqué : « Personne n'est parfait. »

Owen lance un Hula Hoop en l'air et le gobe.

— Ah, dis-je, à la fois flattée et légèrement piquée... et tout ouïe, désormais.

Ben est donc une rock star dans son domaine.

— Pourquoi veut-elle te voir écorché vif ?

— Tu te souviens de l'affaire de la sœur jumelle ? C'était sa cliente.

— Ah. Oups !

Il nous incombe parfois, lors d'un procès, d'indiquer un défendeur à un photographe posté devant la cour d'assises. Cela consiste, selon un procédé rigoureusement non scientifique, à souffler : « Le voilà ! — Où ? — Là ! L'homme à la veste bleu marine. » Le photographe se précipite alors pour brandir son Nikon sous le nez de sa proie qui soit essaie de se cacher, soit lui dit d'aller se faire foutre, ou les deux à la fois.

Moins d'un mois après ses débuts à la cour, Owen a commis la bourde que nous redoutons tous de faire : il a désigné la mauvaise personne, à savoir la sœur jumelle de l'avocate, ce qui aurait pu n'avoir aucune conséquence. Malheureusement, c'étaient de fausses jumelles.

Sa méprise coûta cher au journal en dommages et intérêts, mais Owen assuma son erreur avec un courage et un sens des responsabilités dont j'aimerais davantage faire preuve. Après s'être présenté au journal et avoir avoué sa faute, il a téléphoné à toutes les personnes méritant des excuses, ce qui n'a pas suffi à calmer Esther Cowley – qui représentait l'accusée réelle –, hors d'elle. Sans l'avoir jamais rencontrée, je la soupçonne d'être jeune et inexpérimentée, et de n'avoir pas encore appris à distinguer les emmerdes contre lesquelles on ne peut rien de celles contre lesquelles on peut se battre.

— Alors qu'est-ce qui l'a mise en rogne, cette fois ?

— Tu as entendu parler de l'affaire du rôdeur de l'université ? C'est son client. J'ai essayé d'obtenir des infos sur lui après l'ajournement, et elle m'a superbement ignoré. Je l'ai appelée un peu plus tard, et elle en a profité pour m'annoncer qu'elle avait passé la consigne à tous ses collègues du service pénal de ne plus jamais m'adresser la parole à la cour. Je comprends que l'histoire de la photo l'ait énervée, mais l'erreur est humaine. Il faut savoir passer l'éponge. Il y a eu diffamation, et nous avons payé.

— Hum ! Eh bien, effectivement, sa réaction paraît excessive. C'est bien connu, les avocats ne commettent jamais d'erreur, eux, dis-je, sarcastique.

Quand l'un de nous se fait malmener, nous nous serrons les coudes.

— Carrément ! J'ai donc fait remarquer que, en refusant de nous aider, elle risque de commettre davantage d'erreurs. Alors elle s'est lancée dans une diatribe sur le boulot répugnant que je faisais, me demandant pourquoi elle me donnerait un coup de main, etc. Alors j'ai pensé : « Owen, c'est le genre de situation où il faut garder la tête froide. »

— Bien joué.

— Ouais, je l'ai effectivement pensé, mais ensuite j'ai dit : « Oh, vraiment ? Pourtant, j'en connais qui gagnent leur vie en aidant un violeur pervers à recouvrer sa liberté, histoire qu'il retourne traîner dans les résidences universitaires pour reluquer des adolescentes ! » Naturellement, nos rapports se sont tout de suite améliorés.

J'éclate de rire. Entre les journalistes et les avocats, ce n'est pas le grand amour. Sauf entre Ben et moi. Heureusement, il est spécialisé en droit de la famille, si bien que nos chemins ne se croisent jamais. Mentalement, je classe ce dossier parmi les sujets à aborder pendant le dîner. Peut-être Ben pourrait-il avoir un mot plein de tact et arranger la situation. Si cette Esther a les jambes en coton rien qu'en entendant prononcer son nom, il devrait pouvoir l'influencer.

— Tous des cons, ces avocats, beugle Gretton à l'autre bout de la salle. Ils se prennent tous pour Atticus Finch. Atticus Chie, oui !

— *Voilà*, conclut Owen en me souriant.

Un peu plus tard, sur le trottoir devant le palais de justice, Owen et moi sommes en train de nous dire au revoir quand, quelques mètres plus loin, je vois Ben qui avance vers nous.

— Tiens, voilà ma monture ! lâché-je, avant de rougir, n'ayant pas eu l'intention de faire une plaisanterie osée à Owen après notre conversation sur le « régal pour les yeux ».

Il sourit, un peu gêné.

— Oh, c'est lui ? Très... Quel est le mot que ma mère emploierait ? *Séduisant*. Très séduisant.

— Garde ça pour toi, il a suffisamment la grosse tête comme ça.

— Merci du conseil, je m'apprêtais à lui dire : « Salut, mec. Waouh, t'es canon ! », lance Owen avec une grimace.

L'accent d'Owen teinte la moindre de ses paroles d'une dose supplémentaire de chaleur et d'humour.

Nous sommes en train de glousser quand Ben arrive à notre hauteur.

— Salut, dit Ben sans sourire.

— Ben, je te présente Owen, dont je t'ai déjà parlé ! (J'esquisse un geste vers Owen.) Owen, Ben. Ben, Owen.

— Bonsoir, dit Ben, assez abruptement, avec à peine un regard pour mon collègue, avant de reporter son attention sur moi.

Alors qu'Owen commence : « J'ai beaucoup entendu parler de… », Ben me demande, l'interrompant, comme s'il ne l'avait pas entendu :

— Prête ?

— Ouais, dis-je, gênée par sa grossièreté.

Je prends congé d'Owen, qui affiche une expression poliment neutre, et attends d'être hors de portée d'oreille pour protester :

— C'était un peu brusque, dis donc. Qu'a fait Owen pour mériter ça ?

— Il s'est comporté comme un con avec Esther, aujourd'hui, déclare Ben. Je ne suis pas d'humeur à faire des risettes à l'un de tes congénères.

— Mais pas du tout, enfin ! m'exclamé-je, indignée. Absolument pas ! C'est elle qui s'est comportée comme une garce !

— Quoi ? (Ben s'immobilise et se tourne vers moi.) N'insulte pas quelqu'un que tu ne connais pas. Elle n'est pas du tout comme ça. Elle est super.

— Alors n'appelle pas Owen « un de mes congénères ». C'est elle qui s'est comportée comme une garce obstructive.

— Ah ! Sachant que la définition journalistique d'obstructif, c'est de ne pas vous donner exactement ce que vous voulez quand vous voulez…

— Ah, d'accord. Et qu'est-ce que tu diras quand elle se comportera de la même manière avec moi ?

Je le mériterai, exactement comme « mes congénères », c'est ça ?

Sans répondre, Ben accélère le pas, son regard furieux rivé sur le trottoir, et je sais déjà que la soirée est fichue.

Chapitre 5

Alors voilà : n'ayant encore jamais connu de dispute sismique jusqu'à présent, Ben et moi tâtonnons pour trouver notre style.

Après quelques accrochages supplémentaires sur le chemin, nous nous sommes enfoncés dans un mutisme buté. Devant les assiettes de tapas du *Rincón*, la conversation est poussive et artificielle.

— Comment va ta mère ?

— Super.

— Oh, j'ai dit à mes parents qu'on déjeunerait aussi avec eux, ça ne pose pas de problème ?

— Aucun.

Rhys et moi avions nos habitudes et notre répertoire, des cris à la moue boudeuse ; en général, à l'heure du dîner, nous nous étions réconciliés, ni l'un ni l'autre n'aimant avoir faim. Au mépris des recommandations officielles, nous étions disposés à aller nous coucher sur une dispute ; les choses s'arrangeaient souvent au fil d'un échange de textos hargneux durant la journée, parce que, encore une fois, il fallait que tout soit réglé en fin de journée afin de pouvoir dîner.

Généralement, le déroulement du conflit suivait une escalade régulière : si j'atteignais le niveau cinq, Rhys grimpait au niveau six, et, si je l'estimais justifié, je poussais au niveau sept, faisant monter les enchères, jusqu'à ce que l'un des deux perde le goût du combat. Ben n'est pas comme ça. Ben oppose à mon indignation volubile une fureur inébranlable, mais contenue. Ce que je trouve profondément agaçant.

— Comment tu as trouvé le chorizo ? demandé-je.

— Bon. Tu en veux ? répond-il d'un ton neutre.

— Je n'en peux plus, merci.

Le silence retombe, et un serveur vient remplir nos verres. Nous lui adressons des sourires crispés en réfléchissant à ce que nous nous dirons une fois à la maison.

Oh, et puis merde !

— Écoute, je sais bien que tu te sens obligé de prendre le parti d'Esther, mais je t'assure qu'Owen n'a rien de commun avec Gretton, écrivaillon insistant et sans scrupule.

— Il me semble qu'il vaut mieux laisser cette histoire derrière nous, pas toi ? dit Ben, le regard dur rivé sur le bord de son verre de vin.

— Mais elle n'est pas derrière nous, puisque nous sommes assis là, en rogne.

L'ange sur mon épaule me souffle : « Laisse tomber. » Le démon sur l'autre épaule proteste : « Et pourquoi donc ? » Le diablotin s'est vu mâcher le travail par la sangria de Deansgate.

— J'ai plutôt une bonne perception des gens, et je te promets, quel que soit le… malentendu qu'il y ait eu entre lui et Esther Cowley, Owen n'est pas un mauvais bougre, et il n'aurait pas cherché à faire cette impression.

Je me félicite : « malentendu » devrait être suffisamment diplomatique. Ben serre les mâchoires et me lance un regard noir. À cet instant, je le trouve d'une beauté redoutable, puis seulement redoutable.

— Eh bien, moi aussi, j'ai plutôt une bonne perception des gens, et je t'assure qu'il ne s'agissait pas d'un malentendu et qu'il s'est comporté comme un sale con avec elle. Ce n'est pas parce que tu l'apprécies qu'il a raison. J'étais dans la pièce quand ils se sont parlé au téléphone, et j'ai suivi la conversation du côté d'Esther. Est-ce que tu peux en dire autant ?

— Non. Mais Owen m'a tout raconté. (Je fronce les sourcils.) Comment se fait-il qu'elle se soit trouvée à côté de toi ? Je croyais que vous travailliez dans des services différents ?

— J'étais dans son bureau. Il nous arrive de déjeuner ensemble.

Ah bon ?

— Tu ne me l'avais jamais dit.

— L'occasion ne s'est pas présentée.

Ben repousse des *patatas bravas* sur le bord de son assiette, et j'essaie de réprimer l'irritation qui monte en moi en le voyant jouer les chevaliers blancs d'Esther, tout en mettant allégrement ma parole en doute.

— Owen est un ami. J'ai bon goût, en matière d'amitié…

— Et moi pas ? rétorque Ben d'un ton brusque.

— Ce n'est pas ce que j'ai dit, mais tu ne penses quand même pas que je défendrais quelqu'un qui ne le mérite pas ?

Ben hausse un sourcil.

— C'est ce que tu as dit de la dernière personne qui a travaillé avec toi au tribunal, et elle t'a trahie avant d'entuber tout le monde.

Paf, dans le mille ! Un souvenir extrêmement douloureux dont l'évocation vient dézinguer toute mon argumentation. J'ai été remise à ma place et j'enrage. Une sorte d'horrible paradoxe est à l'œuvre à présent : c'est quand on devrait se mordre la langue et se taire qu'il y a le moins de chance que nos émotions nous le permettent.

— Hum, la dernière femme que tu as jugée formidable est ton ex. Qui s'est révélée être une garce finie…

En prononçant ces mots, je me rends compte que je suis en train de dégoupiller une grenade et m'empresse d'ajouter :

— Enfin… avec moi !

Je doute que cela suffise à sécuriser le détonateur.

Ben et moi n'avons jamais complètement concordé en matière de choix d'amis et d'amants, si l'on remonte jusqu'à l'université.

Ben écarquille les yeux, mais ne dit rien. Je crois que j'aurais préféré qu'il crie.

— Qu'est-ce qu'Olivia vient faire là-dedans, putain ! Tous les coups sont permis maintenant, c'est ça ? finit-il par siffler.

Euh…

— Salut la compagnie, lance une voix mâle affectée près de moi.

Levant les yeux, je découvre la dernière personne que j'aie envie de voir debout à mes côtés à cet instant, exception faite de la Grande Faucheuse.

Chapitre 6

— Bonsoir, dis-je, horrifiée.

Mon Dieu, j'espère qu'il ne nous a pas entendus nous disputer. La salle à manger du *Rincón* est basse de plafond, accueillante, bourrée de tables, et étant donné la proximité avec les autres convives, Ben et moi nous sommes exprimés au volume standard anglais des chuchotements appuyés.

— Benjamin…, dit le nouveau venu, aussi huileux qu'une sardine, comme toujours.

Ses yeux me balaient sans me voir.

— Salut, Simon, dit Ben en buvant une grande gorgée de vin.

— Les tourtereaux, ensemble, enfin ! enchaîne Simon. Je n'arrive pas à croire que ça m'ait pris tant de temps de tomber sur vous par hasard. Comment ça va, alors ?

Après son renvoi du cabinet juridique de Ben, suite à la fuite dans la presse nationale, par ma faute, d'une information personnelle et confidentielle sur une de ses clientes, Simon a décliné l'offre d'être réintégré et a monté son propre cabinet, quelque part dans la banlieue de Manchester. Aux dernières nouvelles, ses affaires marchaient très bien. Je suis surprise de ne pas l'avoir croisé au tribunal ; il doit déléguer.

Il nous déteste tellement, Ben et moi – il est convaincu que j'ai joué un double jeu, et Ben a pris ma défense –, que chaque fois qu'un appareil se détraque chez nous ou qu'une crotte de chien apparaît sur la pelouse devant la maison, nous disons : « Simon est passé par là. »

— Très bien, merci, Simon, j'espère que toi aussi. Si ça ne t'ennuie pas, nous sommes au beau milieu d'une conversation.

Ben s'exprime sur un ton admirablement calme, réservé sans être froid.

Ignorant l'allusion, Simon tourne son attention vers moi. Maigre consolation : il est tellement imbu de sa personne que, en s'approchant, il n'a pas remarqué l'inimaginable, à savoir que Ben et moi nous disputions, sinon il n'aurait pas manqué de jubiler.

— Comment ça va, le journalisme ? Tu fais toujours le même boulot, je crois ?

— Oui.

— Et tu as enfin ce que tu voulais, dit-il avec un coup d'œil appuyé vers Ben. Le gagnant rafle tout. Il me semble t'entendre encore me dire qu'il n'y avait rien entre vous. Ce serait incroyable d'apprendre que tu m'avais menti, hein ?

J'essaie de penser à une repartie un peu plus élaborée que « Dégage, connard ! », quand Ben reprend la parole, d'une voix toujours très calme.

— Simon, je t'ai demandé poliment de nous laisser tranquilles. Je suis navré que cela te travaille toujours autant, mais nous préférerions éviter de revenir sur nos divergences d'opinions d'il y a deux ans. Ce petit numéro du « Ah, enfin, on se retrouve ! » digne d'un Moriarty de pacotille n'est pas nécessaire. Passe une bonne soirée.

Voilà qui frôle l'ironie, étant donné le sujet de notre prise de bec, mais ça reste une réponse appropriée.

— Le nous de majesté ! s'esclaffe Simon. (Il me lance un regard plein de mépris avant de se concentrer de nouveau sur Ben.) Tout ce que je peux dire, c'est que, vu la femme à laquelle tu as bêtement renoncé, ce doit être un coup d'enfer.

La méchanceté sexiste et préhistorique de sa réflexion me rend folle de rage. Est-ce que tout le monde trouvait que Ben avait été fou de quitter Olivia pour moi ? Et puis « un coup d'enfer », franchement ?

Ben repousse brutalement sa chaise et se lève. Sans élever la voix, il assène :

— Insulte-nous encore, et je te colle mon poing dans la figure. (Il jette un coup d'œil par-dessus l'épaule de Simon, vers une table occupée par plusieurs hommes en costume qui nous observent avec curiosité.) Il semblerait que tu sois de sortie avec des collègues ou des clients, et, quelle qu'en soit l'issue, une bagarre ne renverrait pas une très bonne image de toi, je me trompe ?

— Quelle galanterie ! crache Simon, bravache, mais je vois bien que son assurance est entamée.

Il soutient le regard de Ben le temps qu'il faut pour s'assurer qu'il ne plaisante pas, à moins que ce ne soit pour lui montrer qu'il n'a pas peur de lui, ou les deux à la fois. Puis il lâche un « Oh, va te faire foutre ! » avant de regagner sa table. Autour de moi, je sens les gens qui ont suivi la scène reporter leur attention sur leur repas.

— Tu as fini ? me lance Ben en regardant mes poivrons de Padrón d'un air maussade et vaguement dégoûté, et je réponds résolument par l'affirmative.

Dans le taxi qui nous ramène à la maison, je dis :

— Merci de m'avoir défendue.

— Ne me remercie pas, répond froidement Ben, les yeux obstinément tournés vers la fenêtre.

Que Ben soit monté au créneau pour moi aurait pu être encourageant, mais, dans ces circonstances, c'est humiliant.

« Vu la femme à laquelle tu as bêtement renoncé… » Simon avait toujours été sensible au charme d'Olivia, l'ex de Ben. Néanmoins, me rabaisser devant Ben en me comparant à elle juste après que je l'ai moi-même honteusement critiquée ne pardonne pas : je me sens petite et minable.

Même si le destin a pris son temps, je vois un sérieux coup de karma dans le fait que, au cours de notre première vraie dispute, conséquence de griefs à l'encontre d'un collègue accusé d'être une merde, nous soyons tombés sur Simon, qui m'avait un jour verbalement décapitée en me traitant de « journaliste de merde ». À l'époque, Ben s'était rangé de mon côté et m'avait fait confiance. À le voir ainsi tourné vers la fenêtre, fouillant la nuit d'un regard furieux, je me demande s'il le regrette désormais.

Et Simon n'avait pas complètement tort quand il m'a reproché d'avoir minimisé mon rôle dans cette pagaille. Ben savait que, quelque faute que j'aie commise, je n'avais jamais eu l'intention de provoquer un tel gâchis, mais dans l'immédiat cet argument pourrait paraître un peu faiblard. J'ai fait preuve de naïveté vis-à-vis de Zoe, et Ben pense que je suis en train de commettre la même erreur avec Owen. (Voyons… Owen pourrait-il couver une pulsion revancharde dont je n'aurais pas conscience ? Rongée par le remords, je dois reconnaître que c'est tout à fait envisageable.)

J'ai vraiment mal choisi mon moment pour rappeler à Ben que cette journaliste avait eu l'art de transformer son ex-collègue et son ex-femme en ennemis jurés.

Ce n'est que quand Ben tourne la clé dans la serrure et tape le code à huit chiffres de l'alarme que je m'aperçois que je dispose encore d'un argument solide et respectable à opposer à Esther. Je devrais en rester là, mais je ne résiste pas à l'occasion de restaurer un peu de mon autorité morale si rapidement perdue en mentionnant Olivia.

— Écoute, je suis désolée, j'étais à cran et je suis allée trop loin, dis-je alors que Ben se débarrasse de sa veste de costume d'un haussement d'épaules. Apparemment, Esther a raconté à Owen qu'elle en pinçait pour toi. Ce n'était pas très professionnel de sa part, et du coup j'ai du mal à me montrer compréhensive à son égard.

Ben fronce les sourcils, et sa main s'immobilise sur son nœud de cravate qu'il s'apprêtait à desserrer.

— Quoi ! Sérieusement ?

— Oui. Au cours d'une conversation récente. Elle a qualifié mon existence de regrettable.

Est-ce bien juste ? Presque.

Ben fait une grimace.

— Alors ça… Eh bien… C'est inacceptable de la part d'Esther, et je suis désolé. Je l'ignorais.

— Bien entendu, Owen et elle s'entendaient alors mieux que maintenant.

— Bien entendu, acquiesce Ben, consterné, et je devine qu'il réévalue l'opinion qu'il a d'elle.

C'est un triomphe indigne, mais un triomphe tout de même. Je porte ensuite l'estocade en feignant la magnanimité. À la fin, on ne peut pas dire que je sois fière de moi.

— Pour être honnête, ça n'a aucune importance, elle plaisantait probablement, mais ça m'a contrariée.

— Bien sûr que non, il est évident qu'elle parlait sérieusement. Regarde-moi.

Pendant un instant, je me fais avoir par son expression impassible, puis j'éclate de rire, soulagée. Un sourire réticent se dessine sur ses lèvres. Ouf!

— Rach, dit-il en jetant sa cravate sur l'accoudoir du canapé. J'imagine que Rhys et toi n'hésitiez pas à recourir aux coups bas quand vous vous disputiez. Est-ce qu'on pourrait éviter ? Ce n'est pas parce que nous ne sommes pas d'accord que tu dois déprécier mon point de vue.

— Oui, je suis désolée. (Je marque une pause.) J'étais jalouse que tu prennes le parti d'Esther, voilà tout.

Enfin honnête.

— Moi aussi.

— Quoi ?

— Ce gars, Owen, en pince pour toi.

— Oh, non, impossible ! bredouillé-je. Qu'est-ce qui te fait croire ça ?

— Il m'a regardé exactement de la même manière que je regardais la voiture de Rhys garée devant ta résidence à la fac. J'ai reconnu le regard qui tue spécial connard.

Je glousse.

— Et puis franchement, à ton avis, pourquoi parlerait-il de moi avec Esther pour ensuite te répéter ses propos, au risque de semer la zizanie ?

— C'est ce que font les journalistes, d'après toi, fais-je remarquer. Je pourrais être sa mère !

— Il a quel âge ?

— … Vingt-huit ans.

— Tu pourrais être sa mère si tu l'avais eu à cinq ans.

Je ris, et Ben lève les yeux au ciel.

Une main sur la hanche, j'esquisse une grimace.

— Alors, comme ça, Esther est « super » ?

— Dans son boulot, oui.

— Elle est belle ?

— Objection : question hors de propos. Mais tu sais qui je trouve belle ?

— Non…

— Viens là, s'il te plaît, dit Ben.

Et je ne me fais pas prier.

Que dit le proverbe ? Bien mal acquis ne profite jamais ? Ou, vous savez, cette certitude que, quand vous faites quelque chose de moche, ça vous revient en pleine face comme un boomerang ?

Plus tard, dans l'obscurité de la chambre, incapable de dormir, mon visage chiffonné illuminé par l'écran de mon smartphone, je consulte le site du cabinet de Ben.

Parce que « Objection : question hors de propos », ça veut dire oui… non ?

Je clique sur la section « L'équipe ». Voyons… Service pénal… Je fais défiler… les A, les B… C. Cowley. Esther Cowley.

Oh, bon sang de merde, elle est éblouissante ! Pas juste jolie, non, absolument renversante : longs cheveux auburn, traits délicats, menton fin, regard déterminé où brille cet éclat espiègle que seuls les demi-dieux adressent à l'objectif. Même sur un trombinoscope d'entreprise, où, soyons honnêtes, la plupart d'entre nous ressemblent à des évadés de la prison d'Azkaban.

Elle me rappelle quelqu'un. Une actrice ? Et puis je percute ! (Ou me ferais-je des idées ?) Elle me rappelle Olivia. Oui, elle ressemble à la blonde et délicate Olivia, mais avec une perruque, comme si elle était la fille en cavale dans *Gone Girl*.

Décidée à vérifier ma théorie, et au cas où ma découverte ne me ferait pas encore assez de mal, je cherche Olivia sur Facebook. C'est la première fois que je le fais. Je sais qu'elle a repris son nom de jeune fille après sa séparation d'avec Ben, et je ne le connais pas. Il me vient soudain l'idée – merci, cerveau ! – que je peux commencer par chercher des amis qu'ils auraient tous les deux gardés du temps où ils vivaient à Londres.

Ça ne me prend pas plus de quelques secondes. Je clique sur une photo : revoir son visage me fait frissonner. La dernière fois que je l'ai vue, c'était à un mariage, où, dans l'obscurité du jardin près de toilettes mobiles, elle m'a passé un savon particulièrement venimeux. C'était un malentendu, mais c'était compliqué, aussi. La faute en incombait à Ben, qui ne lui avait jamais raconté que nous avions couché une fois ensemble à l'université, ni même parlé de notre relation, en fait. Je peux comprendre qu'elle me déteste.

Olivia s'est laissé pousser les cheveux en un de ces carrés ondulés flous dont les magazines de mode prétendent qu'il suffit, pour obtenir cet effet, d'appliquer une noisette de mousse et de se les sécher la tête en bas. Si je m'y risquais, j'aurais l'air d'une bouseuse héroïnomane sur un cliché d'identité judiciaire. Sur sa photo de profil, elle apparaît les épaules nues et hâlées, le menton dans la main, sereine. Elle est ravissante, saine, digne d'une publicité Oil of Olaz ; face à elle, ma frange grasse et moi ne faisons pas le poids.

« Vu la femme à laquelle tu as bêtement renoncé… »

J'éteins mon téléphone, tire la couette sous mon nez, frissonnant d'incertitude. Pourquoi, tout à l'heure, n'ai-je pas immédiatement invoqué le béguin d'Esther, surtout en sachant que cela constituait un argument en ma faveur ? Je connais la réponse à cette question.

Parce que je ne voulais pas lui mettre l'idée en tête.

Chapitre 7

Je m'interrogeais sur le moyen le plus approprié de répondre à l'invitation de Rhys à son mariage – un texto, un mail, un coup de fil ou carrément un rendez-vous –, quand le destin m'a pris la décision des mains, au sens figuré. Au sens propre, dans mes mains, je tiens une boîte de Tampax.

Je tourne au coin d'un rayon chez *Boots*, me demandant si j'ai envie d'un paquet de chips Shapers, quand je tombe sur Rhys dans toute sa gloire de rock star en civil : cheveux noir goudron en bataille, barbe de trois jours, veste en cuir, jean et All Star. Il est occupé à examiner des brosses à dents électriques. Le jour, il n'est pas rock star : il travaille dans les technologies de l'information. Après avoir essayé, au début, de lui faire porter un costume, ses employeurs ont fini par se résigner.

— Salut !

— Rach ! s'écrie-t-il, étonné.

Nous prenons soin tous deux de garder une posture raide, histoire de signifier à l'autre qu'aucune bise ni étreinte n'est de mise.

— Comment vas-tu ? demande-t-il en baissant les yeux vers mes mains.

— Oh, tu sais, la routine. J'ai toujours mes règles. Et je n'aime toujours pas la police, comme dirait Dr Dre.

(Rhys me citait régulièrement Dre quand je rentrais du tribunal.)

Il sourit, gêné. Il lui arrivait souvent de me ravitailler en serviettes hygiéniques, assorties de sachets de Smarties et d'un exemplaire de *Grazia*, qu'il me tendait en général en grommelant : « Ne va pas allumer la mèche de ton tampon. Si tu sens la mauvaise humeur monter, sers-toi un grand verre de rosé et mate un film avec Hugh Grant. »

Aujourd'hui, nous sommes deux personnes de sexe opposé qui ne partagent plus le même lit, mais savent à quoi ressemble l'autre tout nu. Le fait que j'aie mes règles est une allusion bien trop explicite au système reproducteur, ce qui est *beurk*, comme disent les enfants. Rhys se situe au-delà même de la sphère amicale : dans la zone réservée aux parents.

— Tu as l'air en forme, dis-je.

Et c'est vrai : plus mince, plus net que dans mon souvenir. Rhys en haute définition.

Il se frotte les mains.

— Hum. Tu as le temps de prendre un petit café ?

— Carrément ! m'exclamé-je, nerveuse, mais enthousiaste.

Affalée sur un siège près de la fenêtre du *Caffè Nero* le plus proche, j'attends que Rhys pose nos tasses sur la table et bafouille :

— Merci beaucoup pour l'invitation au mariage. Ben m'a transmis le message. J'aimerais beaucoup venir, mais je ne pense pas que ce serait approprié. C'est votre jour, à Claire et toi, et je ne voudrais pas risquer d'être une ombre au tableau, aussi petite soit-elle.

Rhys hoche la tête.

— Ouais, je m'en doutais, mais bon, ça fait toujours plaisir qu'on vous le propose, non ?

— Oui, très, très plaisir.

On ne peut pas dire qu'il soit traumatisé par mon refus, ce qui, je crois, me déçoit un peu. Ben le soupçonnait de ne pas être sincère. Peut-être a-t-il vu juste. Mais même si ce n'était qu'un geste, il n'en était pas moins attentionné.

— Alors, qu'avez-vous prévu ? demandé-je gaiement. Tout le monde au *Piccadilly21*, comme au bon vieux temps ?

— On va à la mairie pour la cérémonie, répond Rhys, légèrement embarrassé. Comme nous.

— Ah !

— Au début, j'ai eu peur que ça nous porte la poisse, mais comme toi et moi n'y avons pas mis les pieds…

— Ha. Oui. Pas d'interférences…

Heureusement que nous sommes face à face. Par écrit, sa remarque aurait pu passer pour une pique. Là, je vois bien que l'attitude de Rhys est amicale et qu'il s'efforce de dédramatiser la situation.

— Ensuite, la réception est prévue au *Great John Street Hotel.*

— Formidable ! m'écrié-je, car, bien qu'ignorant totalement à quoi il ressemble, j'estime que c'est la moindre des politesses de me montrer emballée.

— Ouais, Claire a tout organisé. Elle est forte pour ça. Moi, je me contente de suivre, ajoute-t-il avec un sourire.

Waouh, tu parles d'un revirement ! Je parie que son groupe ne jouera pas et qu'ils n'ont pas eu besoin de se disputer pour arriver à cette conclusion. Après tout, ceux qui n'apprennent pas de l'histoire sont condamnés à la répéter.

— Comment ça va avec Zac Efron ?

J'éclate de rire si fort que les gens autour de nous me jettent un coup d'œil.

— Ha, ha ha ! Tu parles, il doit avoir quinze ans, non ? Le père de Zac Efron, peut-être. Bien, merci.

Rhys sourit, content de m'avoir fait rire.

— En fait, ce n'est pas à lui qu'il ressemble : il est le portrait craché du mec qui joue dans cette daube où ils se mettent des fessées… *Cinquante nuances*, voilà. Claire l'adore. L'acteur, je veux dire.

Cette remarque anodine m'indique que Rhys est vraiment très heureux avec Claire. Il reste si peu de ressentiment qu'il admet allégrement qu'elle en pince pour un acteur qui ressemble à mon petit ami, vis-à-vis duquel il n'a jamais caché son mépris jusqu'ici.

— Et de ton côté, pas de bague au doigt en vue ?

— Non. (Je tripote la cuillère plongée dans mon *latte* et songe que, s'il s'est montré ouvert, je peux l'être aussi.) Je ne crois pas que ça fasse très envie à Ben, étant divorcé.

— Dommage. Je me suis toujours dit que tu ferais une super mariée.

— Waouh ! Merci.

— Tu as un de ces visages frais parfaits pour le rôle, non ? Et puis, pas de tatouage… c'est quand même mieux pour les photos.

Je ris.

— En fait, j'en ai un dans le dos : ma date de naissance en chiffres romains et l'inscription « Distillée en enfer » en dessous.

— Ah, sympa ! Dans quelle police ?

— Art Dystopia. C'est une typo dentelée genre heavy metal. Une vraie *bad girl*.

Rhys sourit.

— Tant que tu es heureuse, c'est le principal. Et je te souhaite vraiment d'être heureuse, tu sais ?

Je hoche la tête et marmonne : « Merci, toi aussi. » Jamais, au temps de notre relation, Rhys n'a exprimé des émotions aussi ouvertement. J'ai l'impression de parler avec quelqu'un fraîchement rentré d'une retraite de yoga, et dont les piquants habituels auraient été remplacés par un calme méditatif.

Nous discutons de nos achats immobiliers respectifs, ravis de nous réfugier dans la neutralité paisible de futilités, faits, chiffres et évolutions changeantes de différents quartiers de Manchester.

— Ah, je vous imaginais bien vous installer dans un endroit cool, dit Rhys. Nous, on a laissé tomber l'idée d'être branchés. Je veux un grand jardin pour les enfants.

Je souris, et nous en restons là, mon récent achat indiquant clairement que, de mon côté, il n'y a pas de nouvelles dans ce domaine. C'est aussi l'unique moment de la conversation où il m'asticote. Les choix de Rhys sont les seuls choix corrects. Je sais que Rhys ne manquera pas de critiquer Chorlton auprès de Claire plus tard. « Le genre d'endroit où on risque de glisser sur une peau d'avocat. Trop riche pour mon sang. »

Nous terminons nos cafés et partons.

— C'est bizarre, non ? dit Rhys une fois dehors. Nous sommes tous les deux heureux. Se voir nous inspire encore un mélange de plaisir et de tristesse, mais nous ne savons pas ce qui nous rend tristes, puisque nous sommes heureux. Non pas que tu ne me manques pas, parfois. Genre quand je tombe sur des beignets à la crème en promo au supermarché.

Je ris.

— Une façon parfaitement valable de remplacer la confiture !

— Moi, ça me fait penser à un furoncle qu'on explose, dit Rhys.

Je songe que c'est probablement la dernière fois que nous jouerons ce petit numéro à deux.

— Oui, c'est chouette et triste, mais je suis ravie pour toi, dis-je d'une voix rauque en pensant : *Ne pleure pas, ne pleure pas*. Nous avons partagé de bons moments.

— Oui, approuve-t-il avec un grand sourire.

Claire a fait des miracles. Chapeau bas, madame !

— Tu seras toujours ma pote, Rachel, conclut Rhys.

— Pareil. Amis pour la vie, et rien à voir avec les ours en peluche.

Rhys me donne une tape sur l'épaule, puis se penche et me serre fort contre lui avant de disparaître, avalé par la foule qui envahit les trottoirs à l'heure du déjeuner.

Je regagne la cour d'assises, perdue dans mes pensées. J'ai failli épouser Rhys, ce qui aurait été absolument désastreux pour nous deux. En moi se mêlent un profond soulagement et un sentiment de mélancolie puissant et irrationnel. Même si je n'ai aucun désir d'être avec lui, une part de moi le regrettera toujours. Bon, la faute peut-être aussi au syndrome prémenstruel…

En pénétrant dans le palais, j'entends Pete Gretton lancer :

— La voilà !

Je me tourne et le vois embusqué avec Owen qui, pris en otage, me jette un regard suppliant.

— Woodford, ma fille, vous avez été prise la main dans le sac.

— Ah oui ?

— Qu'avez-vous fait pendant votre pause-déjeuner ?

— Je suis allée m'acheter… (Non, je me dispenserai de faire allusion à mon utérus en présence de Gretton.) J'ai fait des courses, pourquoi ?

— Nééééh ! (Gretton imite la sonnette indiquant les mauvaises réponses d'un jeu télévisé.) Vous avez frayé avec de mystérieux et ténébreux inconnus, plutôt. Vous avez des fourmis dans les pieds, hein ? Votre jeune chiot fringant ne vous satisfait plus ?

— Oh, vous parlez de Rhys ? dis-je. C'est mon ex. Il va bientôt se marier.

Gretton semble se dégonfler momentanément.

— Je vois… Et vous vous entendez toujours bien, c'est ça ?

— Ouais. Désolée, Angela Lansbury. Vous lui ressemblez un peu, soit dit en passant. Sauf que sous votre plume un meurtre se transforme en massacre insensé.

Pete se renfrogne. Pour quelqu'un qui distribue les piques aussi activement que l'Armée du salut les assiettes de soupe à Noël, il a la peau bien fine.

— Figurez-vous que ce n'est pas moi qui vous ai grillée, mon cœur, mais notre cher Paddy Pantsdown ici présent.

Owen affiche un air penaud.

— J'ai simplement dit que je t'avais aperçue…

Je souris et hausse les épaules en pensant : Ben pourrait bien avoir eu raison de dire qu'Owen semble porter un intérêt particulier aux hommes de ma vie.

Zut, Ben a souvent raison depuis quelque temps ; il file un mauvais coton.

Chapitre 8

L'année dernière, mon amie Caroline a autorisé son mari, Graeme, à regagner le domicile conjugal, quelque temps après avoir découvert qu'il avait eu une longue liaison. J'avoue ne pas avoir bien compris sa décision, mais bon, de toute façon, je n'avais pas vraiment compris non plus qu'elle ait choisi Graeme comme mari au départ. Je me suis bien gardée de le lui dire et j'ai soutenu mon amie. Caroline est la fille la plus raisonnable que je connaisse, mais peut-être s'était-elle montrée trop raisonnable dans le choix de son partenaire, si vous voyez ce que je veux dire.

Et puis, six mois après leur réconciliation et les débuts d'une thérapie de couple, le père de Caroline est mort. Tous deux étaient très proches, et ce fut un choc terrible : à soixante-huit ans, apparemment en pleine forme, il s'est écroulé au cours d'une séance de jardinage, terrassé par une crise cardiaque.

Comme me l'a dit Caroline la nuit suivante pendant la veillée – je suis restée avec elle jusqu'à l'aube –, comment quelqu'un pouvait simplement… finir ?

Au matin, elle est rentrée chez elle et elle a rompu avec Graeme. Calmement. Sans faire de drame.

« Il était temps que je me pose la question, Rach. Si je mourais d'un infarctus en désherbant mon jardin, pourrais-je prétendre avoir pleinement et sagement vécu ? Impossible désormais de me voiler la face et de voir dans mon couple une raison de m'enorgueillir. Toutes ces excuses que j'ai invoquées pour justifier ma décision de rester avec Graeme, comme de ne pas renoncer au style de vie que nous avions construit ensemble, c'était de la merde en barre ! J'avais peur du changement. Or, aujourd'hui, tout a changé, de toute façon. »

Elle a vendu son immense pavillon de banlieue et loué un appartement hallucinant dans le centre. (« Graeme était plus contrarié en apprenant que je ne réinvestissais pas dans le marché immobilier que quand je l'ai quitté. » Voilà, avec ça, vous savez tout ce qu'il y a à savoir sur Graeme.)

De nous quatre, à l'université, Caroline était celle dont l'avenir était tout tracé : elle voulait le boulot super bien payé, le mari, les gosses, les labradors, la résidence secondaire et la Land Rover Explorer avant d'avoir quarante ans. Elle s'était déjà acheté le gilet matelassé. Pourtant, à la surprise générale, celle de Caroline incluse, elle adore son célibat. Elle envisage de ne même plus s'embêter à chercher une relation sérieuse avec cohabitation à la clé. Seulement des coups d'un soir.

« À moins de rencontrer quelqu'un d'absolument extraordinaire, je ne vois franchement pas pourquoi je me coltinerais le nettoyage des poils pubiens qu'un mec sème sur mes toilettes. Je n'en ai pas *besoin*. Si tu m'avais dit, il y a quelques années, que je me séparerais de Gray une semaine après la mort de mon père, je t'aurais traitée de folle, convaincue que je ne le supporterais pas. Savoir que tu peux survivre à une séparation est extrêmement puissant. Après, tu es capable de tout. »

Ivor a répondu : « OK, Khaleesi », avant de faire remarquer qu'elle pourrait transformer ces idées en aphorismes inspirants présentés sur fond de coucher de soleil.

Nous n'en étions pas moins impressionnés et ravis pour elle. Même une brève incursion sur Tinder n'a pas réussi à l'ébranler. « Tout ce que j'ai appris, c'est à ne pas le consulter pendant que j'attends le train pour aller au boulot. Il y a des tas d'hommes séduisants dans mon quartier, et quelques minutes plus tard, ils sont à Stockport. »

Bref. Parmi les habitudes de la « Nouvelle Caroline », il y a le footing du samedi matin. Levée aux aurores, elle court jusqu'à Platt Fields Park, aller et retour. Je me suis étranglée sur ma gorgée de vin quand elle me l'a raconté, avant de lui demander pourquoi diable elle s'infligeait un truc pareil.

Après l'avoir écoutée vanter les bienfaits de la course à pied sur le corps et l'esprit avec la dévotion qui caractérise tout membre d'une secte, je me suis entendue demander : « Je peux venir ? » (Mindy s'est aussitôt incrustée : « Si vous y allez toutes les deux, je vous accompagne. C'est la règle. Vous ne pouvez pas me laisser à l'écart. »)

Ben étant naturellement sportif – c'en est écœurant –, le surprendre avec cette nouvelle, l'air de rien surtout, m'a ravie.

« Pas possible ! s'est-il exclamé, un grand sourire aux lèvres. Eh bien, eh bien. Dis à Caro de prévoir un petit arrêt vomi dans les buissons si tu as enchaîné les cocktails avec tes collègues la veille au soir. »

J'ai accueilli sa remarque avec un claquement de langue désapprobateur, mais la première fois que je suis allée courir, j'avais une telle gueule de bois que j'ai vraiment cru que j'y laisserais ma peau.

Par contre, impossible de convaincre Ivor.

— Sillonner les rues moulé dans un calbute en Lycra violet ? Avec trois nanas ? Et ma dignité ?

— Tu n'es pas obligé de te balader avec ton petit paquet en évidence, a objecté Caroline.

— Mon petit paquet ? En ce qui me concerne, il s'agit plutôt d'un colis XXL ! Parfaitement. Monumental.

Il a agité ses sempiternelles lunettes à montures épaisses ; Ivor ressemble à Moby, en plus étoffé.

— Tu oublies que tu ne peux plus faire ce genre de déclaration, mon chou, est intervenue Mindy. L'une de nous sait de quoi il retourne.

En même temps, Caroline et moi nous sommes alors empressées de nous enfoncer les doigts dans les oreilles en criant :

— NOOON, TAIS-TOI ! TAIS-TOI !

— Tu vois, elles ne veulent pas savoir. Le crime parfait, a dit Ivor.

Pour finir, nous sommes convenus qu'en fin de parcours nous retrouverions Ivor pour le petit déjeuner. La carotte et le bâton.

Et c'est ainsi que trois femmes rose crevette et en nage débarquent au *Moose Coffee*, un bar à brunch pris d'assaut par une bande de hipsters, où un Ivor à lunettes les attend à une table avec les cafés et les menus prêts. Je compte bien faire un sort à une grande assiette de galettes de pommes de terre, jalapeños et œufs, qui ne manqueront pas, me direz-vous, de compenser les calories éliminées. Rien à cirer !

Alors que nous débattons de l'idée de Mindy qui propose d'inscrire Caroline sur My Single Friend – « Il faut absolument que tu te débarrasses de ta vaisselle Emma Bridgewater. — Mais moi je les adore, mes mugs à pois ! — Ils disent "nidification", c'est complètement tue-l'amour… » –, j'ai l'œil attiré par une femme magnifique aux cheveux auburn assise seule à une table près de la porte, devant un café et une omelette.

D'abord, c'est sa beauté qui me frappe : ses longs cheveux couleur rouille relevés en chignon, son allure de sylphe. Cool en robe d'été et bottines, elle plisse son petit nez parfait, plongée dans la lecture du *Times*.

Je crois pouvoir l'examiner tranquillement à la dérobée, mais, au moment où je reconnais Esther, la collègue de Ben, grâce à ma petite séance nocturne d'espionnage sur Facebook, elle jette un coup d'œil dans ma direction et me reconnaît à son tour.

Je suis sûre de ne pas l'avoir imaginé. Son expression « Oh, c'est vous ! » par-dessus son *flat white* ne laisse aucun doute. Horrifiée, je m'empresse de feindre d'être seulement en train d'observer les gens qui passent la porte à côté d'elle, avant de me replonger dans le menu pour passer ma commande.

Esther m'a probablement remarquée au tribunal. Je ne l'y ai moi-même jamais croisée. Néanmoins, les journalistes qui occupent les places réservées à la presse étant les spectateurs et les avocats les joueurs, la probabilité qu'elle m'y ait vue et moi pas est faible.

Hum, non. Dans son regard brillait un éclat de curiosité particulier. Or, les journalistes du *MEN* comme moi n'ont rien de fascinant au premier abord.

Je la soupçonne de me connaître pour les mêmes raisons que je la connais : elle a mené sa petite enquête sur Internet. Ben a un compte Facebook qu'il n'utilise pas et où il ne publie pratiquement aucune photo, donc, même s'ils sont amis, ce n'est pas là qu'elle a pu me repérer. Argh ! Elle connaissait mon nom… A-t-elle voulu jauger son adversaire ? L'espion espionné. Je ne m'y attendais pas. Franchement, pourquoi faut-il qu'il soit autant question de karma dans la vie ?

Et, bien sûr, pour cette rencontre en chair et en os, il fallait que je sois en nage et attifée d'un vieux tee-shirt informe, d'une brassière de sport si efficace que je pourrais jouer un garçon dans une pièce de Shakespeare, et d'un pantalon de jogging distendu aux fesses.

Quand les assiettes arrivent, je manie ma fourchette avec plus de délicatesse que ne l'exige mon appétit, au cas où elle prendrait des photos en douce et les publierait sur Snapchat à l'intention d'un groupe hostile : « Sa petite amie = Macaron le glouton ».

— Vous ne trouvez pas bizarre que le brunch soit devenu un produit de consommation à part entière ? demande Ivor. Tout ce carrelage métro… Je suis nostalgique et patriotique, et je regrette les jours anciens où il fallait choisir entre un petit déjeuner anglais dans un boui-boui et un McMuffin chez McDo.

— Ouais, tu as l'air super nostalgique et patriotique avec tes *huevos rancheros*, fais-je remarquer.

— Et ton évocation de la formidable tradition anglaise du McDonald's est très émouvante, renchérit Caroline.

Je risque un coup d'œil vers Esther. Une amie l'a rejointe. Mon estomac exécute un saut périlleux quand je me rends compte qu'elle est en train de lui expliquer qui je suis.

La fille me lorgne et détourne aussitôt la tête, gênée de croiser mon regard. Esther, prise sur le fait, porte une main à sa tempe et se couvre les yeux dans un geste manquant spectaculairement de subtilité.

Maudite soit-elle, et maudit soit le café à volonté : elle est encore là quand nous partons, et je dois passer devant elle avec mon bas de jogging dont l'élastique se fait la malle.

Quand j'arrive à la maison, Ben est en train de mettre le couvert dans la salle à manger. Mes parents viennent de Sheffield pour le déjeuner. (C'est bien connu : après un footing, vous avez parfaitement le droit d'enchaîner un petit déjeuner copieux et un déjeuner pantagruélique.)

— J'ai rencontré Esther au café ce matin, annoncé-je.

— Ah, tiens ! dit Ben d'un ton indifférent.

— Elle paraissait bizarrement préoccupée par ma présence. Je l'ai vue me montrer à l'amie qui était avec elle.

— Elle te connaît de la cour, je suppose. On a quatre verres comme celui-ci ?

— Oui, dans le placard au-dessus de l'évier. Je ne l'ai jamais croisée au palais.

Ben ouvre et claque quelques portes jusqu'à trouver les verres, revient et dit :

— Mais ça n'empêche pas qu'elle t'y ait vue, si ? Après tout, vous partagez pratiquement un bureau quand elle est au tribunal. On n'est pas non plus dans un épisode de *La Quatrième Dimension*, Rach.

— Tu sais ce que je pense ?

— Non ! Quoi ? s'enquiert Ben avec une grimace consternée.

Je me retiens de rire, de peur de minimiser l'impact de ma révélation.

— Je pense qu'elle m'a cherchée sur Internet, comme une suspecte, parce que je sors avec toi.

Ben hausse les épaules.

— Comment savoir ? Et quelle importance ? Tu comptes te changer à un moment ?

Je baisse les yeux vers ma tenue.

— Non. Un pschitt de Curious de Britney Spears, et je suis prête.

— Hum, dit Ben.

— Quoi ?

Il se gratte la nuque et marmonne :

— Juste… Je me demande si Esther, vu son niveau d'exigence…

Je pousse un cri perçant et agite les mains. Ben éclate de rire et essaie d'enfouir le nez dans mon cou. Je le repousse et file me doucher, non sans avoir bruyamment gravi les marches en signe de protestation.

J'aime beaucoup la tradition du déjeuner du samedi. Je prépare presque tout le repas la veille au soir, et Ben a pour mission de « mettre la viande au four » à l'heure que je lui ai indiquée. Nous nourrissons mes parents, puis ma mère traîne mon père pour un après-midi de shopping à *House of Fraser*.

Je suis en train d'ôter le film sur un bol de salade de pommes de terre avant de le poser sur la table quand je les entends arriver. Ma mère s'exclame et roucoule avec encore plus d'effusion que d'habitude. Ai-je précisé qu'ils adorent Ben ? Ils en sont encore plus épris que moi. Mon père aime dire que si nous nous séparons et qu'il leur faut choisir entre nous deux, ils ne me verront plus.

Ben partait pourtant avec un sacré handicap : ma mère pleurait encore le départ de Rhys et s'affligeait de me voir devenir inéluctablement une vieille fille. Ils avaient tous les deux rencontré Ben une première fois au mariage d'un ami de la famille, à l'époque où il était avec Olivia. Loin de les ravir, « Je fréquente un homme marié » leur suggérait plutôt : « La dégringolade continue. » Ensuite, ils ont fini par faire sa connaissance. Le coup de foudre.

— Je me suis ravitaillé en whisky. Ton préféré, annonce Ben à mon père. Tu n'auras qu'à en emporter une bouteille : la M67 et le Lagavulin ne font pas bon ménage.

— Ben, tu es toujours si élégant ! s'extasie maman en embrassant du regard sa chemise BCBG bleu pâle avant de jeter un coup d'œil à ma tenue. Et ma fille a toujours l'air d'une souillon. Tu es un homme très patient.

— Maman ! protesté-je en baissant les yeux vers ma robe bleu marine parsemée de poils de chat.

Elle vient de chez Cath Kidston, en plus. Il y a vraiment des gens qui ne sont jamais contents.

Le repas se passe bien ; il faut dire que nous sommes rodés, tant en ce qui concerne le menu que la conversation. Mes parents adorent que Ben soit avocat : une profession solide, respectable, avec des perspectives. Bon sang, il est si naturellement charmant qu'il n'a même pas besoin d'en rajouter ! Je suis quatre-vingt-dix pour cent fière de lui et dix pour cent jalouse : « Pourquoi est-ce toujours si facile pour toi ? »

Les choses ont commencé à partir en vrille alors que nous dégustions le *trifle* que j'avais préparé pour le dessert (ce n'est pas la faute du *trifle* : j'ai suivi la recette à tomber par terre de Nigella).

Ben décortique une affaire dont mes parents ont entendu parler aux infos. Ils en commentent un aspect, et Ben les corrige avec douceur :

— L'article a donné trop d'importance à cet aspect du dossier. Il était en possession de ces pistolets, dont la plupart appartenaient à son frère. Malheureusement, il ne pouvait pas le prouver.

— Quoi ! gloussé-je. Il planquait un stock d'armes à feu suffisant pour provoquer la fin du monde. Ce type est un cinglé obsédé par l'apocalypse. C'est Owen qui a signé cet article.

— Cinglé : un terme journalistique fourre-tout et offensant dont vous étiquetez toute personne que vous ne comprenez pas, répond Ben sèchement.

— Ah, parce que toi oui ?

— C'est une de mes collègues qui a défendu ce dossier. D'après elle, le gars est un laissé-pour-compte à qui la vie n'a pas fait de cadeau.

Mes parents hochent la tête avec compassion en avalant des cuillerées de crème.

— Une collègue…, dis-je. Ooooh, il s'agit du fameux client d'Esther, c'est ça ? Ravie de savoir qu'elle est capable de compassion vis-à-vis d'un type qui a menacé des enfants avec des armes à feu. Tant qu'il paie ses honoraires…

— OK, mademoiselle Qu'on-les-pende-haut-et-court ! Prochain arrêt le *Sun*, donc ?

Il y a de l'électricité dans l'air ; nous changeons de sujet. Mes parents sont tellement heureux en compagnie de Ben qu'ils s'attardent en sirotant leurs digestifs. Quand ils partent, l'envie de reprendre notre discussion m'est complètement passée.

Néanmoins, je remarque que, pour la deuxième fois, il a pris le parti d'Esther contre moi.

Chapitre 9

Au moment où Mindy a commencé à planifier son mariage, les dates évoquées m'ont paru tellement futuristes qu'elle aurait aussi bien pu être en train de me raconter un épisode de *Star Trek*.

Mais, aussi invraisemblable que cela puisse paraître, le grand jour approche. Nous sommes huit à descendre d'un van à l'aéroport de Manchester, prêtes à nous envoler pour le Portugal où nous devons passer deux nuits dans une villa.

— Après le check-in, on dégotte le pub *Ye Olde English* et on commande quatre pintes de bibine, annonce Trish, la collègue quinquagénaire de Mindy, qui, bien que Caroline soit l'organisatrice officielle, semble avoir pris la tête des opérations. J'ai peur en avion.

— T'inquiète, je suis venue équipée ! annonce Emma, une amie de Mindy, en brandissant un sac de chez Marks & Spencer dont le contenu tinte. Beaucoup mieux que des comprimés de Kalms, Trish.

Caroline me lance un regard en coin tandis que nous tirons nos valises à roulettes dans le terminal et rejoignons la queue qui serpente devant les comptoirs de Ryanair.

Après quinze minutes à patienter en faisant poliment la conversation aux cousines de Mindy, Harshika et Ruksheen (en dépit des avertissements de notre amie, qui prétend que Ruksheen est « une vraie garce », ce que nous n'avons aucunement l'intention de chercher à vérifier), un hurlement déchirant retentit devant un des guichets. J'échange un regard alarmé avec Caroline. Mindy s'est effondrée entre Trish et sa copine Kate.

— Qu'est-ce qui se passe ? lance Caroline.

— Son passeport est périmé ! s'écrie Kate.

— Quoi !

Le passeport arrive dans les mains de Caroline, qui, après l'avoir examiné un moment, marmonne : « Et merde ! » Elle me le tend. C'est écrit noir sur blanc : Mindy n'a plus le droit de l'utiliser depuis plus de deux mois.

— J'ai oublié ! sanglote Mindy, toujours soutenue par ses amies. Je savais qu'il fallait que je m'en occupe, mais ça m'est complètement sorti de la tête. Quand nous avons abandonné l'idée des États-Unis… Je suis vraiment désolée, les filles.

— Ne sois pas bête, ça va, on peut toujours y aller sans toi ! dis-je.

Mindy éclate de rire tout en sanglotant de plus belle.

Je la serre dans mes bras, puis Caroline échange quelques mots à voix basse avec elle, avant de revenir à mes côtés et de dégainer son portable d'un air très professionnel.

Après avoir pianoté sur l'écran un petit moment – j'en profite pour envoyer un message à Ben commençant par « Tu ne devineras jamais… » –, elle lance :

— Bon, c'est clair, nous ne partirons pas au Portugal ce soir. Pour obtenir un passeport en urgence, il faut se présenter à un bureau à Liverpool muni de photos d'identité récentes et des formulaires requis remplis, et, vu l'heure, ce serait demain matin au plus tôt.

— Oh, là, là, pauvre Mindy ! soupiré-je.

— Qu'est-ce qu'on fait ?

Caroline se mordille la lèvre.

— Impossible de reporter, le mariage aura lieu le week-end prochain, rappelé-je.

— Et les billets d'avion et réservations ne sont pas remboursables. Un peu délicat de demander aux invitées de doubler la mise.

Nous nous regardons en secouant la tête par intermittence, incrédules. Un enterrement de vie de jeune fille foutu à cause d'un papelard stupide.

— Tu as déjà acheté un cadeau de mariage ? s'enquiert Caro.

— Non, j'allais te demander ce que tu prévoyais, étant donné qu'elle n'a pas de liste.

— J'ai une idée. Et si nous restions ici ?

— Dans l'aéroport ? m'étonné-je. Comme dans le film avec Tom Hanks ?

— Non, pas dans l'aéroport, espèce de nouille ! À Manchester. Je connais la directrice du *Midland*. Nous sommes huit, ça fait quatre chambres doubles. Nous pourrions lui téléphoner, voir ce qu'elle peut nous dénicher et donner à Mindy la meilleure chambre. Toi et moi, on y mettrait la somme prévue à son cadeau pour alléger un peu le coût ? Ou j'abuse ?

— Je trouve ton idée géniale.

— Tu es trop bonne. C'est juste une idée correcte, mais je n'ai rien de mieux à proposer.

Mindy gémit et se lamente beaucoup. Après l'avoir calmée en douceur à l'aide d'un hamburger, nous lui soumettons notre plan, et, par bonheur, une fois remise du choc initial, elle est partante.

En ce qui me concerne, je me remettrai de perdre l'occasion de partager une villa avec Trish : après avoir comptabilisé le nombre de calories que nous avons consommées dans le bar à hamburgers, elle demande au chauffeur du minivan de connecter l'autoradio à son iPhone et passe le trajet de retour à hurler « That Don't Impress Me Much » de Shania Twain.

Bénie soit la flasque de gin cachée dans mon sac à main.

Chapitre 10

Caroline est incroyable. Elle nous a trouvé des chambres, a dégainé sa carte bleue (avec un « Je te rembourse vite » haut et clair de ma part, et des « Moi aussi » moins convaincus de la part des autres volontaires), nous a emmenées dîner dans un restaurant grec, où elle s'est débrouillée pour qu'il y ait du champagne, des ballons et des serpentins sur la table, et là, Mindy est peut-être aussi marinée qu'un hareng, mais elle irradie le bonheur.

— Ce n'est pas le Portugal, mais je mange du houmous, dit-elle en brandissant un triangle de pain pita.

Nous trinquons avec elle : « Vive le houmous ! »

— J'ai l'impression d'être Shirley Valentine, glousse Trish en feignant de peloter les fesses d'un serveur.

La tournée des bars improvisée ensuite implique beaucoup de Google Maps sur des téléphones brandis à bout de bras, jusqu'à ce qu'enfin Mindy s'écrie :

— *Cottonopolis* ! On suit Emma !

Et nous voilà parties vers le Northern Quarter, perchées sur nos talons hauts qui claquent sur les trottoirs. Le *Cottonopolis* est un véritable paradis à vingt-cinq ans, la récompense idéale après une semaine de dur labeur. Passé trente ans, c'est une salle de torture sensorielle.

Le plancher et les inévitables conduits de ventilation au plafond, combinés à la musique passée à un volume apte à crever les tympans, impliquent que les conversations sont réduites à hurler « VODKA TONIC, MERCI ! VODKA ! TONIC ! » pour se faire entendre par-dessus Drake feat. Rihanna.

Toute communication est limitée à de grands sourires crispés accompagnés de gesticulations vigoureuses. Décidément, qu'est-ce qu'on serait mieux dans un *Wetherspoon*... Tout le monde est sur la piste. En lieu et place de conversation, j'entreprends d'examiner les gens tout en swinguant et me tortillant dans le cercle de filles que nous avons formé. Je repère une jeune femme en haut dos nu dont l'impressionnante poitrine n'est visiblement soutenue que par la fermeté de la jeunesse. Je dois faire un effort pour me retenir de lui lancer des coups d'œil émerveillés. Mon regard s'attarde ensuite sur quatre gars en chemises à manches courtes : ils boivent leurs bières au goulot sans se départir de leurs airs de jeunes loups, manifestement réunis en meute pour chasser. Peut-être que c'est l'alcool que j'ai ingurgité en quantité qui parle, mais tous les couples me semblent follement séduisants, le genre d'associations qui n'existent que dans les clips, avec leurs blousons de bikers, leurs colorations « ombré hair » et leurs moues blasées. Il y en a, par exemple, deux dans le coin qui auraient pu jouer dans… comment l'a appelé Rhys… ce film où ils se flanquent des fessées… Doux Jésus !

D'abord, je refuse de croire ce que je vois. Puis, incrédule, incapable de détourner les yeux, je dois me rendre à l'évidence : à une table, dans un angle de la salle, Ben et Esther discutent en tête à tête. Plongés dans leur conversation, ils semblent complètement oublieux du reste du monde.

Apparemment, ils sont là depuis un petit moment déjà, car Ben arrive au bout d'une pinte ; il a remonté les manches de sa chemise, et ses cheveux sont humides de sueur. Le menton dans une main, Esther se passe rapidement l'autre dans les siens.

J'ai une drôle d'impression de déjà-vu, jusqu'à ce que je m'aperçoive que c'est exactement ainsi que je me rappelle Ben à l'université : toujours en compagnie d'une fille différente, avec cette même facilité à assumer leur attention pleine et entière. Il se penche et dit quelque chose à l'oreille d'Esther ; celle-ci rejette la tête en arrière et éclate de rire, une main sur la gorge. Voilà qui a tout l'air d'une scène pré-coïtale ; ça ne fait aucun doute, n'importe quel observateur dirait la même chose.

Je crois que je vais vomir. Je suis incapable de détourner les yeux, mais je ne peux pas continuer à regarder. Et si je les vois s'embrasser ?

Je sors mon téléphone de ma poche et consulte mes messages. Toujours rien. Eh bien, maintenant je comprends pourquoi il n'a eu ni le temps ni l'envie de répondre à mon texto.

Mindy tire sur ma manche.

— RACHEL ! C'EST TROP BRUYANT ICI, ON PENSAIT BOUGER. ÇA TE VA ?

— Oui, bien sûr ! crié-je, bien contente que l'alcool et l'adrénaline s'affrontent dans mon système sanguin, me permettant de garder un semblant de calme. Je vais juste saluer Ben.

— QUOI ? hurle Mindy sans comprendre, ce qui n'a rien d'étonnant étant donné que seules les phrases ayant un contenu standard sont compréhensibles dans ces conditions.

Je lui tapote l'épaule pour signifier « laisse tomber, t'inquiète », fais volte-face et m'éloigne.

Je suis presque arrivée à leur hauteur quand Ben lève les yeux, Esther m'ayant repérée quelques secondes avant lui.

— Salut, dis-je.

Ben reste sans voix, les yeux écarquillés, et sa réaction sidérée me confirme que ce tête-à-tête n'a rien d'innocent.

— Merde alors ! Qu'est-ce que tu fais là ? dit-il, une main sur la tête.

— Tu n'as pas reçu mon texto ?

Je déteste me donner en spectacle devant Esther.

— Ton quoi ?

— Mon texto ! crié-je.

Je pense que je crierais même si la musique n'était pas si forte.

Ben fronce les sourcils.

— Oh, non ! crie-t-il à moitié à son tour en tapotant sa poche en quête de son portable. Désolé, nous avons enchaîné après le boulot, et je n'ai pas regardé. Je te croyais en vol à cette heure-ci.

Sauf que ça fait des heures que j'aurais dû atterrir, en fait.

— … Le défendeur a remporté une grande victoire, aujourd'hui, et nous sommes tous sortis fêter ça.

Du menton, il désigne Esther qui n'a toujours pas eu la politesse de me saluer et me dévisage effrontément.

— C'est sûr, il y a foule, dis-je en désignant leur table d'un geste, incapable de me contenir plus longtemps.

Néanmoins, ma réplique se noie probablement dans la cacophonie ambiante.

Je rapporte le drame du passeport de Mindy de manière aussi concise que possible, et Ben hoche la tête, puis jette un coup d'œil derrière moi et adresse un signe de la main à mes amies sur le départ.

— Bon, eh bien, salut, alors ! J'ai une vie de jeune fille à enterrer.

Je remonte la bandoulière de mon sac sur mon épaule et m'esquive sans laisser le temps à Ben de se lancer à ma poursuite – cela dit, rien n'indique qu'il s'apprêtait à le faire –, l'estomac en vrac, malmené par la douleur et un mauvais sauvignon.

Chapitre 11

Le temps de nous redéployer dans le décor divin du bar circulaire du *Midland* – intérieurement, je suis quant à moi au purgatoire –, un texto de mea-culpa arrive.

> Désolé, ma chérie, j'avais oublié que mon téléphone était coupé. J'espère que vous vous amusez bien. Ça va, Mindy ? Quel désastre ! Bise.

Ah ! *Ma chérie.* Des mots tendres sournois, qu'il n'emploie pas souvent. Va te faire foutre. Un désastre, ça, tu l'as dit. J'éteins mon portable et tire une certaine satisfaction sauvage à regarder l'écran devenir noir.

— Ça va ? demande Caroline en me voyant contempler mon téléphone, sourcils froncés, comme s'il s'agissait d'une crotte posée sur ma paume.

— Je viens de voir Ben qui prenait un verre avec une collègue. Je dis « voir », mais peut-être devrais-je dire « surprendre ». Ils avaient l'air vraiment proches. Je sais qu'elle en pince pour lui. Et il le sait aussi.

Ben me trompe-t-il ? Est-ce possible ? Cela me paraît inconcevable, mais peut-être est-ce ce que tout cocu ressent en découvrant une infidélité. Le déni est la première étape.

Caroline fronce les sourcils à son tour.

— Bizarre, mais… un verre après le boulot ne me semple pas si terrible ?

— Il était censé retrouver son copain Jim pour jouer au billard, objecté-je.

— Oh…

— Et il avait éteint son téléphone, ce qu'il ne fait jamais.

— Hum.

— Et puis « après le boulot » est dépassé, à cette heure. C'est le milieu de la nuit.

— Je ne suis pas la personne la plus impartiale que tu pourrais interroger sur les aventures extraconjugales dans le cadre du travail, mais pour Ben j'ai tout mon temps. Et je vais invoquer le bénéfice du doute.

— Oh, oui, désolée.

Argh, j'aurais dû me souvenir que l'ex-mari de Caroline avait batifolé avec une collègue ! Cela suffit à me clouer le bec, surtout en sachant que je ne connais pas encore le fin mot de l'histoire.

— Même si Ben s'amusait à flirter…

Je grimace, et Caroline poursuit :

— Écoute, même si c'était le cas… (Elle marque un temps d'arrêt et me tapote le bras.) S'il te plaît, ne dis rien à Mindy, elle risquerait de se mettre à hurler…

Nous jetons un regard à notre amie ; à en croire les bribes de conversation interceptées récemment, Trish et Ruksheen essaient de la persuader de se faire épiler la foufoune en forme de cœur pour une « surprise romantique spéciale nuit de noces ».

— … Mais, même si c'était le cas, ce n'est pas la fin du monde, si ça ne va pas plus loin.

— Je suppose. C'est juste que je ne pensais pas que lui et moi en arriverions là un jour.

Tant s'en faut. À l'université, il était le Roméo qui passe d'une fille à l'autre, et moi la maquée fidèle. Des années plus tard, en va-t-il toujours ainsi ? Peut-être que ce n'était pas seulement une question de circonstances, mais de personnalités. Ben avait mis fin à son mariage et enchaîné avec moi. Nous n'avions jamais mis à l'épreuve l'amour qu'il jurait éprouver pour moi à l'âge de vingt et un ans.

Peut-être qu'il est comme ça. Que tôt ou tard…

— Je ne voudrais pas avoir l'air de lire un manuel pour femmes au foyer des années 1940, mais il ne faut pas s'attendre à ce que tout soit toujours rose, reprend Caroline. À un moment, l'un de vous agira stupidement, puis ce sera l'autre, et pardonner – pas tout, attention, je ne suis pas en train de dire d'agir comme la femme de Tom Jones – est ce qui permet à un couple de durer. Pas parce qu'ils disposent de la formule magique exacte depuis le début, mais parce qu'ils se sont accrochés aux moments où ils avaient des raisons de sauter du train.

Je hoche la tête. Je n'arrive pas à croire que j'en sois à penser à Ben en des termes aussi décevants.

Caroline me serre le bras.

— Je suis sûre que tu t'inquiètes pour rien, Rach, franchement. Ben est fou amoureux de toi, ça crève les yeux. Pense à ce que vous avez traversé ensemble. Il ne va pas jeter tout ça par la fenêtre.

Je hoche la tête et souris cette fois, feignant d'être rassurée, car il serait vraiment injuste de gâcher aussi l'enterrement de vie de jeune fille de Mindy pour Caro en la contaminant avec mes idées noires.

Le truc, c'est que, alors que le choc s'estompe, je ne crois pas que Ben couche avec Esther. En fait, j'ai peur qu'ils ne soient au début d'une amitié trop intense qui l'amène à en avoir envie. Et là une petite voix intérieure me souffle : *Et tu es bien placée pour savoir comment ça marche, hein ?*

Je me mets en mode veille, souris et bavarde, tout en m'enfonçant intérieurement.

Je pense à la haine de Simon à mon égard. À la fureur justifiée d'Olivia. Pendant tout ce temps, malgré le mépris que je leur inspirais, j'étais convaincue qu'ils se trompaient. Je n'essayais pas de voler Ben à sa femme. Jamais je n'aurais tenté quoi que ce soit avec un homme marié. Ce n'est pas moi qui ai omis d'évoquer le détail de la nuit que nous avions passée ensemble à Olivia, mais Ben. Ben avait menti à sa femme par omission ; tu parles d'un précédent.

Et si Esther appliquait le même raisonnement ? Ben et moi nous sommes déjà disputés à cause d'elle. Je sais que, malgré moi, j'ai causé des tensions entre Ben et Olivia.

Traitez-moi de cynique si vous voulez, mais je dirais que la prochaine confrontation entre Ben et moi au sujet de cette femme est courue d'avance. Et encore une fois Esther peut se raconter qu'aller boire un verre avec lui est innocent, malgré l'attirance, exactement comme je l'ai fait moi-même.

Dans ce cas-là, tout ce qu'on peut vous reprocher, c'est de laisser travailler votre imagination. Vous tournez donc autour de l'homme convoité en attendant que son couple meure de « mort naturelle », puis vous débarquez à l'enterrement, habillée comme la maîtresse qui s'incruste en dépit des protestations de la famille.

Peut-être que ce soir la vie s'est chargée de me faire goûter la peine que j'ai moi-même infligée un jour.

Mindy tangue vers nous, le regard fixe et vitreux.

— Comment vont mes demoiselles d'honneur ? C'est toi la prochaine !

Elle agite son verre dans ma direction, en renversant presque intégralement le contenu.

— Ah, j'en doute, dis-je amèrement. Ben affirme qu'il ne veut pas se remarier.

— Pourquoi pas ? Et puis tu n'as qu'à lui demander, toi !

— Montrer l'exemple, en bonne féministe, approuve Caroline.

— Absolument, volontiers. Mais, sachant que le désir n'est pas partagé, je ne vois pas l'intérêt.

— Pff ! (Mindy agite les mains.) Tu ne crois quand même pas qu'Ivor en avait envie avant que je le persuade du contraire, si ?

Bien que la conversation bifurque, mon esprit reste fixé sur Ben, Esther, et sur cette question qui tourne en boucle : ai-je vraiment vu ce que je crois avoir vu ? Rationnellement, je ne devrais pas m'inquiéter. Pourtant, mon instinct m'indique DANGER en lettres rouges. Je me demande si Olivia a aussi pensé un jour que mes chances étaient minces.

Chapitre 12

Malgré des débuts critiques, Caroline a réussi une incroyable opération de sauvetage sur l'enterrement de vie de jeune fille de Mindy, si bien que nous en venons à nous demander si ce plan B de proximité n'était pas de toute façon largement préférable à deux jours passés à toute allure à essayer de nous repérer sous des cieux étrangers.

Le samedi, Caroline organise une excursion en minivan avec pique-nique Marks & Spencer à Lyme Park, dans le Cheshire. Mindy adore ce parc depuis qu'il a servi de décor à Pemberley dans la version de 1995 d'*Orgueil et Préjugés*. Cette escapade au vert et à l'air libre, loin de la ville, est la bienvenue, même si je me serais passée de la séquence où, prétendant rejouer la scène de la chemise mouillée pour Instagram, Trish a essayé de sauter dans le lac.

Le soir, nous nous pomponnons en prévision d'un dîner élégant au restaurant du *Midland*, *Mr Cooper's*. Nous avons décroché une réservation de dernière minute en tirant quelques ficelles et en acceptant d'attendre le dernier service.

En rallumant mon portable, je trouve trois textos de Ben.

Salut. Comment ça se passe ?

Tu ne me parles plus, donc ?

Qui ne dit mot consent.

Je ne réponds pas.

Conformément à la loi selon laquelle, après trente ans, vous ne pouvez plus encaisser deux nuits de beuverie d'affilée, la soirée de samedi est étonnamment civilisée. L'élégance du décor dissuade même Trish de dégainer ses serre-tête zizis.

Le dimanche matin, à force de cajoleries, Mindy convainc Caroline de la laisser atterrir d'abord chez elle ; apparemment, elle se sent trop faible pour aller jusqu'à Withington. (Nous adorons tous traîner chez Caroline, son appartement est génial. Pas étonnant qu'elle n'ait pas besoin d'un homme.)

— Tu viens avec nous, Rach ? me demande Caroline.

Tentée, je décline néanmoins son invitation, consciente que repousser l'inévitable confrontation avec Ben ne réussira qu'à accroître ma nervosité. En arrivant à la maison, je franchis la porte en poussant ma valise à roulettes devant moi, dans mes petits souliers. Je pense avoir raison, tout en souhaitant de tout cœur me tromper. Problématique. Ben émerge du salon et me regarde, pâle et plein d'appréhension.

— Salut.

— Bonjour, dis-je.

Je voulais que mon ton soit désinvolte. Ce sera pour une autre fois.

— Pourquoi m'as-tu ignoré tout le week-end ?

Je hausse les épaules.

— J'ai éteint mon téléphone. Tu sais ce que c'est…

Ben secoue la tête, consterné.

— Quoi ! Cette excuse vaut parfaitement pour toi, mais pas pour moi ? dis-je d'une voix grêle et tendue.

— C'est vraiment comme ça que tu veux t'y prendre, Rachel ?

Jamais la maison ne m'avait paru aussi silencieuse. Même les chats retiennent leur souffle.

— Quelle que soit la faute que tu crois que j'ai commise (je sens un nœud se former dans mon estomac), nous pouvons discuter sans nous montrer sarcastiques et méchants l'un envers l'autre.

Je hausse à nouveau les épaules. Je doute d'en être capable.

— On s'installe là pour parler ?

Il tient la porte du salon ouverte.

— Tu m'as ignoré parce que je suis sorti prendre un verre avec Esther ? me demande-t-il une fois que nous sommes à l'intérieur.

Nous restons debout, car il est impossible de se disputer correctement en position assise. Je remarque qu'il a l'air aussi nerveux que moi.

— J'étais censé retrouver Jim, mais il a eu un empêchement. Là-dessus, le service pénal a eu une bonne nouvelle, et ils m'ont proposé de les retrouver pour fêter ça…

— Esther te l'a proposé, l'interromps-je, amère, sans savoir que j'allais dire ça, et m'apercevant par la même occasion que je ne contrôle rien.

— Esther me l'a proposé, confirme Ben.

Mon sang est chaud et plein de minuscules particules dentelées.

— Et naturellement vous terminez en tête à tête dans le coin d'un bar, tard, collés l'un à l'autre, à vous chuchoter des secrets à l'oreille ?

Ben ne laisse rien paraître.

— Comme si on pouvait chuchoter dans cet endroit ! Je me suis penché vers elle à cause du vacarme. Nous étions quatre, au départ…

— Sortie entre couples ? lancé-je, ma bouche prenant de nouveau des initiatives.

— John et Andrew ne sont pas un couple. Donc, nous étions quatre, avons commandé à boire, mais ils ne supportaient plus le bruit et sont partis avant nous.

Tout ce que tu as vu, c'était moi finissant mon verre avant de chercher un taxi.

— Oh, vraiment ? Vous aviez plutôt tous les deux l'air sur le point de chercher un hôtel.

— Bon sang, Rachel ! Es-tu sérieusement en train de m'accuser de te tromper ?

— Tu te rends compte de l'impression que ça donnait, non ? On aurait dit que tu flirtais avec une femme dont tu sais qu'elle n'est pas insensible à ton charme, et qu'en plus tu avais éteint ton téléphone pour pouvoir le faire tranquillement. Et là, si tu me l'avoues, c'est uniquement parce que je t'ai surpris.

— Je suis d'accord, ça avait peut-être l'air d'un flirt, mais je t'assure qu'il ne se passait rien. Je croyais que nous nous faisions confiance.

— Si c'était innocent, pourquoi as-tu paru si coupable en me voyant ?

— Tu étais censée être au Portugal ! J'ai été surpris. Et je ne crois pas avoir eu l'air coupable. Même si, oui, étant donné que nous nous étions disputés au sujet d'Esther, je savais que ça ne te plairait probablement pas.

— Tu n'as pas pensé que tu l'encourageais ?

— Pas du tout. Je te l'ai dit, nous étions quatre. Elle ne m'a pas invité, moi, à boire un verre.

— Si, c'est exactement ce qu'elle a fait, l'air de rien. Je suis sûre que c'était l'objectif dès le début, et manifestement ça ne t'a pas posé de problème.

Ben m'adresse un regard plein de regret et de dégoût, et là tout de suite j'ignore si les dégâts causés par cette conversation seront permanents. Je déteste l'amertume dans ma voix, mais je n'arrive pas à me contenir. Je me tapote les lèvres de l'index, faussement songeuse.

— Pourquoi Esther a-t-elle défini mon existence comme ton unique défaut ?

Ben se frotte le front.

— Je n'ai pas apprécié qu'elle dise ça, je te le répète.

— Vous avez parlé de moi ? dis-je, et pour la première fois Ben semble troublé.

— Pas vraiment.

— Pas vraiment ?

— J'ai dit que tu étais à un enterrement de vie de jeune fille, et elle m'a posé quelques questions à ce sujet, c'est tout.

— Super ! dis-je. Histoire de vérifier que j'étais bien en voyage.

Ben nie, mais je vois bien qu'il est mal à l'aise.

— OK, écoute… Comment crois-tu que je me sente quand tu passes ton temps à citer Owen et à me raconter vos blagues que vous êtes seuls à comprendre, ou quand tu m'annonces que vous êtes allés boire des coups ensemble ? Quand ton portable n'arrête pas de biper de la soirée parce que vous vous mitraillez de WhatsApp, certains articles étant apparemment si importants que vous avez besoin d'en discuter à 19 heures. Et ouais, merci, j'ai remarqué qu'il t'envoyait des « bises » à la fin de ses messages ! Tu crois que toi tu ne me donnes jamais de raison d'être jaloux, seulement parce que je ne me plains pas ?

— La différence, c'est que moi je te parle de tout ça. Je n'éteins pas mon téléphone et je n'agis pas en douce.

— Encore ce putain de téléphone ! Si j'agissais en douce, je l'aurais gardé allumé, non ? Tu étais partie à l'étranger, c'est du moins ce que je croyais. Un mec infidèle aurait appelé pour dire : « Oh, salut, ouais, je joue au billard », avant de retourner à son infidélité !

Un point pour lui. Pourtant, je suis sûre de ce que j'ai vu. De l'ambiguïté que j'ai sentie.

— Tu peux essayer tant que tu veux de me convaincre, mais nous savons parfaitement tous les deux ce qui se passait quand je vous ai rejoints, assené-je, alors qu'une part de moi hurle en silence : « NE DIS PAS ÇA ! »

— À savoir ? demande Ben en croisant les bras, une expression meurtrière sur le visage.

— Je vous ai surpris juste avant qu'elle ne te propose de trouver un endroit plus tranquille pour un dernier verre et que vous ne finissiez affalés sur un canapé Chesterfield, ledit dernier verre à la main, feignant de ne pas préparer un gros « Bon sang, comment est-ce arrivé ? », celui où elle franchit la ligne dont tu as subtilement suggéré qu'elle ne serait peut-être pas là toute la nuit.

Je suis beaucoup trop remontée pour pouvoir dissimuler à quel point j'ai ruminé cette hypothèse.

Ben se ratisse les cheveux comme s'il était sur le point de les arracher.

— Non. C'est complètement faux. Je n'avais aucunement l'intention de faire quoi que ce soit de tout ça. Il n'y a eu aucun jeu de séduction.

— Être dans ce bar avec elle revenait déjà à entamer le jeu de la séduction ! crié-je presque.

— Oh, bon sang ! dit Ben. Je ne peux pas me défendre contre tous les scénarios délirants que tu as élaborés.

— Je n'arrive pas à croire que tu joues les idiots sur un sujet pareil.

— Je n'arrive pas à croire que tu aies une si piètre opinion de moi.

Échec et mat. Silence.

— Je vais courir, finit par lâcher Ben en haussant les épaules.

Là-dessus, il monte bruyamment l'escalier pour aller se changer. Après qu'il a claqué la porte d'entrée, je m'assieds dans la maison vide et m'aperçois que, moi aussi, je n'ai qu'une envie : foutre le camp.

CHAPITRE 13

J'envoie un message à Caroline pour lui demander si je peux finalement participer à leur séance de récupération à hautes doses de glucides. Un quart d'heure et un Minicab plus tard, me revoici dans le centre.

En chemin, je reçois un message de Caro.

Tu as pris ton jeu de clés ? Mindy et moi sommes incapables de bouger, sauf pour le livreur de pizza.

Pour finir, ledit livreur de Pizza Express – à vélo, avec son chargement sur le dos, il ressemble à une tortue – et moi arrivons en même temps, et je le soulage de sa cargaison.

Du coup, forcément, mon arrivée est bien accueillie.

—J'ai poussé Ben à s'expliquer au sujet d'Esther, dis-je en me débarrassant de mon sac et de mon manteau après leur avoir tendu les boîtes.

Deux paires d'yeux écarquillés se détachent de leurs American Hots et se lèvent vers moi.

— Ooo-kay…

— Oh !

— J'ai merdé grave.

Caroline dit :

— Oh, oh.

— J'ai plus ou moins accusé Ben de me tromper. Ou, en tout cas, de préméditer de le faire.

— Comment il pourrait préméditer ça ? demande Mindy, l'air perplexe.

— L'étape durant laquelle tu l'élabores. Quand tu manigances des situations à haut risque.

Caroline lisse sa queue-de-cheval de ses mains toujours impeccablement manucurées.

— En quoi la préméditation d'infidélité se différencie-t-elle de pas-d'infidélité-en-vue ?

— Elle se caractérise par de mauvaises décisions, comme se retrouver en tête à tête dans des bars branchés avec des femmes sexy qui en pincent pour vous. Des femmes sexy qui, soit dit en passant, sont le sosie de l'ex de Ben.

— Comme les précogs dans *Minority Report* ? Tu sais qu'il va y avoir un délit, alors tu les arrêtes avant qu'ils ne puissent le commettre ? suggère Mindy.

C'est une comparaison ridicule, mais aussi parfaitement pertinente ; j'ouvre la bouche et la referme.

— Qu'a dit Ben ? demande Caroline.

— Qu'ils étaient plusieurs du boulot à aller boire un verre, qu'Esther et lui sont restés après les autres et que, quand je suis allée le voir, il était sur le point de rentrer.

— As-tu des raisons de mettre ses paroles en doute ? Tu penses honnêtement qu'il y a baleine sous gravillon ?

Je me retiens de hurler : « Qui sait ? » Ensuite, je m'efforce de creuser plus profondément, sous la mortification que j'ai ressentie en les surprenant dans ce bar, pour arriver à une évaluation plus rationnelle de la situation :

— Non.

— Alors il semblerait que l'accuser n'est pas la meilleure stratégie, avance prudemment Caroline en se levant. Ça te va de combattre le mal par le mal ? On carbure au chambord. Allez, viens t'asseoir.

Je m'installe près de Mindy et laisse reposer ma tête sur son épaule. Quand elle passe un bras autour de moi, je sais que je suis fichue. Grosse gueule de bois à la trentaine passée, additionnée à l'angoisse des deux derniers jours et à une dispute monumentale et moche, égale inévitable tsunami lacrymal.

— Je sais que je me comporte comme une idiote, mais ça m'a fait tellement mal de les voir comme ça tous les deux, m'étranglé-je en m'essuyant les yeux sur ma manche. Je me suis convaincue qu'il lui parlait comme il me parle à moi. Ils avaient l'air tellement…

proches. Comme s'ils discutaient de choses intimes, dans un endroit où Ben et moi n'allons jamais. J'ai eu l'impression de découvrir un autre Ben.

— Mais les soirées entre collègues, tu sais bien comment ça se passe. Le vendredi soir, on se raconte des ragots sur la boîte non-stop, jusqu'au bout de la nuit, intervient Mindy. Je me joins parfois aux soirées du club de programmateurs d'Ivor, et j'y pige tellement rien que j'ai l'impression qu'ils parlent québécois.

— Il faudrait des sous-titres pour comprendre, dit Caroline en me tendant une flûte remplie de bulles rosées.

— Je sais bien…

— Est-ce que Ben et toi avez des problèmes, à part ça ? demande Caroline.

Si j'étais elle, je chercherais aussi à provoquer une diversion.

Mais je réponds :

— Non, ça va super bien. Nous n'avons jamais été aussi heureux.

Bref silence pensif.

— Je crois que tu as peut-être le syndrome du paradis de Dave Stewart, finit par dire Mindy.

— C'est quoi, ça ?

— Tu sais, le barbu d'Eurythmics. Quand sa vie devient trop parfaite, il tombe malade.

J'émets un petit ricanement.

— … La perfection me rendrait malade ?

— Non, pas exactement. Mais peut-être que ça roule tellement avec Ben que tu cherches des problèmes ? Coldplay l'explique dans la chanson « Warning Sign ».

Je ris puis me dis que, à sa façon – si particulière –, Mindy pourrait bien avoir mis le doigt sur quelque chose. Malgré mes peurs, Ben et moi n'avons eu aucun mal à passer d'amis à amants, puis à copropriétaires et parents de chats. Nous pouvons nous quereller au sujet de chaussettes égarées ou d'un traitement antiparasitaire, et néanmoins tomber dans les bras l'un de l'autre avec autant de passion qu'il y a deux ans devant ce café.

Et si le problème, ce n'était pas Esther, mais moi qui, inconsciemment, en cherche un et décide que c'est elle ? Et si j'avais pris cet accès d'angoisse pour une menace ?

C'est comme si le soleil perçait les nuages uniquement pour que les nuages reviennent et que je me prenne une bonne saucée.

— Donc j'ai totalement exagéré, c'est ça ? demandé-je à Mindy et Caroline après un long silence.

Bien qu'à moitié bourrées, elles ont toutes les deux une hésitation, et je devine qu'elles s'efforcent de retenir un « oui ».

— Oh, non ! m'écrié-je. Je suis Carrie Bradshaw dans *Sex and the City 2* ! Je m'invente des problèmes de couple parce que mon mari m'a offert une télévision pour notre anniversaire !

Un autre silence tombe, rompu soudain par un éclat de rire soulagé, et pour la énième fois je songe que je ne sais pas ce que je ferais sans ces deux-là.

Caroline s'essuie la bouche sur une feuille de Sopalin et déclare :

— Tu ne doutes pas de lui, mais de toi.

— Tu crois ?

— Oui. Tu t'inquiètes d'une ressemblance entre cette nana et Olivia, en oubliant complètement que ça n'a aucune importance. C'est toi qu'il veut.

Mindy hoche la tête.

— Il te dévore des yeux comme moi devant un Kit Kat au beurre de cacahuète les jours de jeûne.

Je m'allonge sur le ventre avec Mindy et Caroline, et écoute d'une oreille leurs bavardages au sujet des préparatifs du mariage. Je consulte distraitement Facebook sur mon téléphone. Jim, l'ami de Ben, a posté sur son mur vendredi à 17 heures qu'il est désolé mais que, débordé de travail, il doit annuler. Ben a répondu une demi-heure plus tard en lui proposant de se joindre à une tournée des bars d'avocats quand il sortirait. Quelle imbécile j'ai été !

J'envoie un message à Ben.

Au fait, je suis chez Caroline. Biz.

OK. Tu y restes dormir ?

Je préférerais rentrer.

Je préférerais aussi.

Je pénètre dans la maison avec une entrée en matière conciliante toute prête. Ben est toujours en tenue de course à pied. Il est en train de nourrir les chats et se chamaille avec un des Ronnie qui a essayé de lui arracher la main.

J'ai à peine lancé « Salut ! » que soudain, en le voyant, je fonds en larmes.

J'ai l'impression de me retrouver dans cette queue à la résidence universitaire, de revivre cet incroyable moment qui n'arrive qu'une fois dans l'existence, celui de notre rencontre, deux êtres partageant l'étrange sentiment de déjà se connaître.

Ben pose la boîte de Whiskas et dit :

— Oh non… Ne pleure pas, tout va bien.

Puis il marche jusqu'à moi et m'enlace. Même si je mériterais largement qu'il m'accable de reproches, à cet instant précis, il m'est difficile de dire à quel point j'apprécie qu'il ne soit pas rancunier.

— Chhhhut ! Je suis désolé si je t'ai fait de la peine, Ron. Il ne se passe rien.

Il suffit qu'il m'appelle Ron pour que, subitement, nous ayons de nouveau dix-huit ans, moi chaussée de mes Dr. Martens et lui de ses baskets flambant neuves.

— Je sais.

— Vraiment ? me demande Ben en reculant pour me regarder.

— Ouais. (Je m'essuie les yeux.) J'ai flippé, mais au fond je sais que tu es incapable de me tromper. Je veux dire, même à la fac… (Je souris faiblement.) Tu tombais les filles, mais tu ne leur mentais jamais.

— Je ne t'ai jamais donné de raisons de douter de moi, si ?

— Non. Je suis devenue complètement paranoïaque en pensant à combien nous étions différents à l'université.

— Premièrement, c'était il y a très longtemps. Deuxièmement, rappelle-toi : j'ai passé ces années à me consumer d'amour pour toi, à attendre que tu finisses par envisager de sortir avec moi…

Je souris entre mes larmes.

— Exact.

C'est fou comme quand on est décidé à envisager le pire on abuse de la mémoire sélective.

— Par contre, j'ai peur d'être trop…

Ben laisse sa phrase en suspens, et, le voyant hésiter, je l'encourage :

— Quoi ?

— … J'ai peur qu'après les montagnes russes émotionnelles que tu as connues avec Rhys, à vous séparer et vous réconcilier régulièrement, tu ne trouves notre vie un peu trop monotone et ennuyeuse. Je sais que tu n'avais pas tous les éléments vendredi, mais tout de même ta réaction m'a paru…

— Continue, dis-je en voyant Ben se mordre la lèvre et se demander si son audace ne risque pas de lui coûter la victoire, à présent que je m'étais calmée.

— J'ai du mal à comprendre pourquoi tu es passée directement au niveau d'alerte maximal, partant du principe que je baise à tout-va, uniquement à cause d'une malheureuse coïncidence. Je me suis senti d'abord insulté, puis simplement perplexe.

J'y ai justement réfléchi durant mon trajet en Uber jusqu'à la maison, agréablement accompagnée par Heart FM, et je sais que j'ai la réponse dont il a besoin, dont nous avons besoin.

— Ce n'est pas parce que je trouve notre couple ennuyeux. Du tout. Les grosses disputes passionnées sont affreusement éprouvantes, et j'ai eu ma dose avec Rhys. Quand je t'ai vu parler avec Esther, j'ai eu peur qu'elle ne soit moi. La nouvelle moi. Ou l'ancienne Rachel, si tu vois ce que je veux dire. D'une certaine façon, Esther est exactement ce que je mérite.

Ben et moi nous regardons. La magie transformatrice de la vérité a opéré : je sais que, enfin, nous nous comprenons parfaitement. Moi-même, je me comprends un peu mieux.

Après un long silence, Ben dit :

— Ouais, tu sais quoi, je suppose que je m'inquiétais quant à moi qu'Owen ne soit en train de devenir le copain que j'ai été pour toi autrefois.

— Ha, ha ! Sérieusement ?

Je n'arrive pas à croire que Ben ait pu se tromper ainsi sur toute la ligne ; en même temps, je m'aperçois que j'ai commis la même erreur. Je pars toujours du principe que Ben a une confiance en lui à toute épreuve, mais c'est égoïste de ma part, car cela m'autorise à penser que je suis la seule à avoir des doutes et des peurs.

— Je veux dire, Ben à l'époque de la fac. Une version merdique. Un des tout premiers prototypes, pas au point du tout.

Nous rions tous les deux.

— L'histoire de ma vie, c'est qu'il n'y a qu'une seule toi pour moi, reprend Ben. En quoi mériterais-tu de t'inquiéter au sujet d'Esther ? Liv et moi ne nous sommes pas séparés à cause de toi, tu le sais.

— J'étais la meilleure amie qui est devenue la petite amie. C'est un peu comme ce qu'on dit de la maîtresse : si elle devient l'épouse, elle laisse un poste vacant. J'ai laissé un poste vacant.

— Mais non. Tu es toujours ma meilleure amie, affirme Ben.

Ce moment, ainsi que ceux qui suivent, compense presque les heures emplies d'angoisse qui y ont directement mené.

Chapitre 14

Une semaine plus tard…

Vous savez, quand les gens racontent en revenant d'un mariage que, en voyant la mariée faire son entrée dans l'église, l'assemblée a fondu en larmes ? Oui, moi aussi, j'ai toujours trouvé cette idée ridicule. Aussi belle qu'elle puisse être, ça reste une robe.

Les cheveux savamment coiffés et ornés de fleurs, maquillées, Caroline et moi sommes parvenues à enfiler nos robes noires étroites aux épaules dénudées après moult contorsions, bénissant Spanx et sa lingerie sculptante. Nous patientons dans notre chambre du *Didsbury House*, un hôtel situé à quelques minutes en voiture du lieu de la réception ; après avoir beaucoup charrié Mindy sur l'organisation obsessionnelle de son mariage, nous récoltons les bénéfices de son souci du détail. Hier soir, nous avons réussi à ne pas veiller trop tard. Installées toutes les trois dans le somptueux salon du bar de l'hôtel, nous nous sommes remémoré nos années d'étudiantes tout en frétillant d'excitation.

On frappe doucement à la porte ; je vais ouvrir. Devant moi se dresse Mindy, fin prête. Elle a insisté pour ne rien nous révéler. Nous savions seulement qu'elle porterait du blanc. C'est donc la première fois que nous la voyons. À l'expression de son visage, je devine qu'elle appréhende notre réaction.

— Oh, mon Dieu ! m'exclamé-je.

Debout devant le miroir dans un recoin de la chambre, Caroline s'écrie : « Oh, non ! Quoi ? », encore traumatisée par l'affaire du passeport.

Mindy est… eh bien, le mot qui me vient à l'esprit est « vision ». Sa robe en dentelle festonnée de couleur crème, aux délicates bordures dorées, est d'un style garçonne des années 1920 parfaitement assorti à sa coiffure, à savoir son habituel carré noir brillant. Elle a apporté une touche indienne à l'ensemble grâce à un collier dans les cheveux, dont le pendentif en forme de goutte lui descend au milieu du front.

Caroline, qui s'est précipitée pour voir, s'écrase contre mon dos. Après avoir échangé un regard, nous voilà obligées de sautiller sur place pour nous retenir de pleurer comme des madeleines et de faire couler notre maquillage.

— Tu es ridiculement belle, dis-je dans un souffle.

— Tu fais tellement adulte ! s'étrangle Caroline. Comment est-ce que ça peut être toi ?

— Eh bien, j'ai trente-trois ans, réplique Mindy avec un grand sourire. Vous trouvez que c'est bien, alors ?

— Mindy, soupiré-je, tu es absolument magnifique. (Je lui saisis une main.) Nous sommes tellement fières de toi. Ton bonheur est notre bonheur. Nous te le dérobons.

— Ah, Rach ! balbutie Mindy dont le visage se chiffonne sous le coup de l'émotion.

— Oh, c'est malin ! me crie Caroline alors que les larmes dévalent à présent nos joues. Toi et tes belles phrases !

Elle hoche la tête dans ma direction et se précipite jusqu'au miroir pour évaluer les dégâts.

— Ne t'inquiète pas, Liz est encore là, dit Mindy, imperturbable, avant de s'éloigner en froufroutant vers sa chambre où se trouve la maquilleuse.

Il semblerait que cette année de frénésie hystérique l'ait élevée à un niveau supérieur de zénitude, et la voici parfaitement connectée avec son bouddha intérieur le jour J. Elle ne présente absolument aucun signe de nervosité.

Un peu plus tard, après être sorties pêle-mêle des voitures anciennes devant les Victoria Baths, alors que nous nous trouvons coincées dans cette parenthèse temporelle étrangement éprouvante consistant à hésiter devant la porte, la mariée affiche le même calme olympien.

Son père est beaucoup plus stressé. Il n'arrête pas de tapoter sa main posée dans le creux de son bras.

— Tu es censé me dire maintenant que, si j'ai changé d'avis, ce n'est pas grave, déclare Mindy.

Il lui lance un regard alarmé.

— Tu as changé d'avis ?

— Bien sûr que non ! Mais tu dois me le demander, c'est la tradition.

Il s'exécute.

— Souhaites-tu toujours épouser Ivor ?

— Eh bien, maintenant que tu me poses la question, j'ai un doute…, soupire Mindy.

Son père écarquille les yeux, inquiet. Caroline et moi nous esclaffons juste au moment où les portes s'ouvrent, et nous devons faire un gros effort de concentration pour garder un visage impassible et remonter l'allée côte à côte, le pas calé sur celui de l'autre. La salle est magnifique : les bassins carrelés ont été décorés de bouquets d'amaryllis rouges, de bougies LED et de guirlandes disposées dans des vases en verre.

Un quatuor à cordes installé à gauche de l'officier d'état civil se met à jouer « Don't Stop Believing » de Journey. (Apparemment, les tourtereaux ont trouvé un compromis : Mindy a choisi la musique qui accompagnerait son entrée et la signature du registre, Ivor celle de la première danse. Pour beaucoup de couples, fusionner les playlists est un exercice difficile. Avec Ivor et Mindy, ça a été explosif.)

Nous rejoignons Ivor, qui attend dans son costume bleu pétrole. Entre l'élégance de sa tenue et son rictus angoissé, il est méconnaissable. Nous lui adressons de grands sourires idiots d'encouragement. Quand il aperçoit Mindy derrière nous, son visage affiche une expression… Je me creuse les méninges pour trouver le mot juste. Rhys dirait béate. Moi, je dirais que je ne savais même pas qu'Ivor la possédait dans son répertoire : une joie absolue mêlée à de l'incrédulité à l'idée que cette femme puisse être sur le point de l'épouser.

Vous savez, maintenant que le mariage n'est plus un passage obligé – et c'est heureux ! –, il est facile de n'y voir qu'une mise en scène stupide et superflue, ce que ces cérémonies sont parfois. Mais, du coup, on oublie aisément à quel point celles-ci peuvent être merveilleuses. Aujourd'hui n'est pas seulement un des plus beaux jours de la vie de Mindy et Ivor, c'est aussi un des plus beaux jours de nos vies.

Chapitre 15

Une fois les saucisses-purée avalées, le cocktail signature de la réception disparu jusqu'à la dernière goutte (un martini aux fruits de la passion, qui se boit comme du petit-lait ; d'ailleurs, je parie que nombreux seront les fêtards demain matin à demander à être déclarés morts par un juge) et les tables débarrassées, Mindy et Ivor effectuent une première danse énergique sur « Red Light Spells Danger » de Billy Ocean… Puis sonne l'heure des slows.

Ben apparaît à côté de moi sur la piste de danse, passablement éméché, en costume et bottines Paul Smith, tout content de lui.

— Bonsoir. M'accorderez-vous cette danse ? Je compte bien me taper une demoiselle d'honneur, ce soir.

— Ah, oui, vraiment ? dis-je en me laissant entraîner sur la piste sur « Ten Storey Love Song » des Stone Roses.

— Savez-vous si la blonde est célibataire ? demande Ben en désignant Caroline d'un petit mouvement de la tête. Tu es absolument ravissante, poursuit-il. Même si ta fleur est pompette, maintenant.

Il porte une main à mes cheveux pour redresser la rose affaissée.

— Ah, bah ! Autant en profiter au maximum. Demoiselle d'honneur un jour, demoiselle d'honneur toujours, apparemment…

Ben plisse les yeux.

— Oh, allons…

— … J'essaie de me voir comme une version sexy de Miss Havisham. C'est excitant de penser que je suis encore sur le marché.

Je fais une grimace.

— Tu n'es pas sur le mar… Bon sang, quelle emmerdeuse ! râle Ben. Ferais-tu allusion à une conversation que nous avons eue après que tu as appris que Rhys se mariait ?

— Oui. Pas grave. (Je balaie la salle d'un regard circulaire en poussant un soupir exagéré.) Après tout, quelle mascarade !

Taquiner Ben à ce sujet n'est pas sans risque. Je devrais laisser tomber. Cela dit, je suis un peu triste.

— Je t'ai entendue dire que l'idée de te marier ne t'excitait pas plus que ça, objecte Ben. À l'époque de Rachel l'Énervée, telle que je me la rappelle à la fac. Je t'entends encore, bourrée au cidre à la cafétéria, comparer le voile de la mariée à une burqa.

— Ha, ha, ha ! J'ai dit ça ?

— Ouais.

— J'ai toujours été tellement marrante. Ça m'est égal, vraiment. C'est juste…

— Quoi ?

— Tu te souviens de la fois où tu m'as demandée en mariage à la fac ? Pour rire ? Tu n'avais pas fini une dissertation. Tu avais mis un genou à terre devant le prof.

— Ah ! Oui. Ça n'avait pas marché, le salaud avait menacé de me recaler.

— Une part de moi espérait que tu le referais un jour.

Ben lève les yeux vers le plafond couvert de ballons blancs.

— Tu es exaspérante.

— Ah oui ?

— Absolument.

Nous tournoyons un peu sur la musique, et j'appuie la tête sur l'épaule de Ben.

— Tu croyais vraiment que je serais prêt à conclure verbalement un accord de principe concernant le mariage ? dit-il au-dessus de moi. Je suis avocat de profession, pas dans ma vie privée.

— Ben, non.

— Et tu croyais vraiment que je voudrais conclure cet accord dans un contexte suggérant que je cherche à concurrencer ton ex ?

— J'sais pas…

— Tu n'as pas remarqué que, la dernière fois qu'ils sont venus déjeuner, tes parents n'ont pas arrêté de me resservir du whisky ?

Je renverse la tête en arrière pour le regarder.

— Hein !

J'ai cru que c'était parce que papa conduisait.

Ben serre ma main un peu plus fort.

— Et tu croyais vraiment que je ne demanderais pas la permission à ton père – pas parce que nous en avons besoin, mais parce que je savais que ça ferait une super anecdote à glisser dans mon discours –, puis des conseils à ta mère en matière de bagues ? Que je n'écumerais pas les bijouteries de Manchester afin de trouver quelque chose qui conviendrait à une ex-gothique et que je cacherais dans le coffret de la perceuse Black & Decker, c'est-à-dire l'endroit parfait pour que tu ne la trouves jamais, même si, pour être honnête, cela est aussi valable pour moi ?

— Attends. Attends… Tu… ?

— Oui, espèce d'andouille ! Désolé pour mon manque de subtilité, mais tu m'as pris par surprise l'autre jour, et il fallait absolument que je te convainque de laisser tomber le sujet un moment.

Je suis complètement prise à contre-pied. Je m'immobilise au milieu des danseurs et le dévisage.

— Mais… Tu as dit… Je croyais que…

— Oui. J'ai dit ça. Je voulais que ma demande soit exaltante et inattendue, dans la mesure du possible. Mais c'est raté.

C'est plus fort que moi, j'ai les larmes aux yeux : j'en sens une glisser sur ma couche de fond de teint. Ah, merde ! Oh, Rachel, femme de peu de foi !

— Donc, bien joué, tu as gâché la surprise. Je ne compte pas mettre un genou à terre ici, et je n'ai pas la bague. (Ben se penche vers moi de façon que personne ne puisse l'entendre.) Néanmoins… Rachel Woodford, veux-tu m'épouser ?

Je tousse, m'étrangle et ris en même temps, si bien que je suis dans l'incapacité de répondre. Mon cœur bat à tout rompre.

— Euh… non, dis-je une fois que j'ai repris mon souffle. Pas encore. Ce soir, on fête le mariage de deux amis. Redemande-moi plus tard, comme tu l'avais prévu, et ma réponse sera peut-être différente.

Ben sourit.

— Tu n'es pas compliquée du tout, toi. OK. La troisième fois sera la bonne. Tu veux que je t'avoue un truc ?

Je hoche la tête.

Ben se penche vers moi.

— J'étais sincère la première fois.

Un mot de l'autrice

Le meilleur moment pour un écrivain, c'est quand enfin le jury se réveille et vous décerne le Bailey's Prize for fiction des lecteurs vous écrivent pour vous demander : « Et après ? Qu'est-ce qui se passe ? » J'adore cette question. L'idée que des personnages que vous avez inventés signifient quelque chose pour d'autres personnes et qu'ils vivent dans leur imagination est tout ce qu'un auteur peut souhaiter. Dotée du pouvoir d'une divinité toute-puissante – à supposer qu'une divinité puisse encore traîner en pyjama à 10 h 30 du matin –, je peux fournir cette garantie tous les jours en cent quarante caractères ou moins sur Twitter : les acteurs errent toujours dans mon grenier mental. Rien à voir avec Fritzl, hein ? D'ailleurs, en l'occurrence, c'était une cave.

Et l'on me demande : « Où sont-ils maintenant ? » au sujet de Ben et Rachel, les étudiants en littérature, amoureux maudits qui ont mis dix ans à se décider dans *Parce que c'était nous*, plus que pour n'importe quels autres personnages.

Il semble que quelque chose chez ces deux-là ait eu un écho chez les lecteurs. Est-ce parce que la question « Et si… » au sujet de celui qui est parti est

universelle ? Ou à cause de la blague sur la SDF qui montre sa tirelire aux passants ? Je l'ignore. Mais, s'agissant de mon livre premier-né, ces deux-là occuperont toujours une place particulière dans mon cœur. Et j'adorais autant leurs amis.
Ainsi, dans un esprit « Et pourquoi pas, après tout ? », cette mini-histoire raconte ce que je crois que Ben et Rachel – et leur monde – sont devenus ensuite. Peut-on se « fan-fictionner » soi-même ? Je me suis attaquée à cette question sans prendre de gants. Bien entendu, le risque encouru en satisfaisant le désir d'une mise à jour est que certains lecteurs crient : « Non, non, non ! Ce n'est pas du tout comme ça que j'avais imaginé la suite. » Eh bien, alors, disons que cela n'a tout simplement pas eu lieu.
Pour ceux qui sont en paix avec ce nouvel épisode de la vie de Ben et Rachel, j'espère que vous avez passé un bon moment. Les autres, vous pouvez dire : « Quel dommage qu'il n'y ait jamais eu de suite à *Matrix* ! Oh, et aussi à *Parce que c'était nous…* »

Amicalement,

Mhairi

Achevé d'imprimer en juillet 2019
Par CPI Brodard & Taupin à La Flèche
N° d'impression : 3034247
Dépôt légal : août 2019
Imprimé en France
81122803-1